The Snow Leopard Family

雪豹一家：卓玛王朝

骆晓耘 著

生活·讀書·新知 三联书店

Copyright © 2025 by SDX Joint Publishing Company.
All Rights Reserved.

本作品版权由生活·读书·新知三联书店所有。
未经许可，不得翻印。

图书在版编目（CIP）数据

雪豹一家：卓玛王朝 / 骆晓耘著. -- 北京：生活·
读书·新知三联书店，2025.1. -- ISBN 978-7-108
-07931-2

Ⅰ．I25

中国国家版本馆 CIP 数据核字第 2024UV2803 号

策划编辑　张　龙
特约编辑　艾绍强
责任编辑　王　伊
装帧设计　周伟伟
责任校对　陈　明
责任印制　卢　岳

出版发行　生活·讀書·新知 三联书店
　　　　　（北京市东城区美术馆东街 22 号 100010）
网　　址　www.sdxjpc.com
经　　销　新华书店
印　　刷　天津裕同印刷有限公司
版　　次　2025 年 1 月北京第 1 版
　　　　　2025 年 1 月北京第 1 次印刷
开　　本　720 毫米 × 1020 毫米　1/16　印张 20
字　　数　120 千字　图 123 幅
印　　数　0,001－6,000 册
定　　价　98.00 元

（印装查询：01064002715；邮购查询：01084010542）

谨以此书献给陪伴和帮助我寻找、拍摄雪豹的同伴与朋友

目 录

001 **序章：99次雪豹之约**
006 雪豹卓玛家族关系图

009 **卓玛第一胎——拉姆和两个哥哥**
011 初见一家四口
2020年6月—7月
027 动物天堂
2020年7月
032 奇妙的重逢
2020年8月
046 春节寻豹
2021年2月
050 三兄妹闯世界
2021年4月—5月
058 "猎杀机器"
2021年5月
070 独居的意义：兄妹分别，母女重逢
2021年6月

099 **卓玛第二胎——独生女梅朵**
101 梅朵降生
2021年11月
108 神秘的第三只雪豹
2022年2月—4月
126 罕见的育幼期求偶和交配
2022年4月29日—5月7日
156 踏雪寻豹
2022年5月
160 有妈的孩子是个宝
2022年7月—10月

181	**卓玛第三胎——再育两幼崽,拉姆兼母职**	227	**拉姆第一胎——三幼崽与新家**
183	初见母子仨	229	拉姆成为新手母亲
	2022年11月—2023年1月		2023年5月—7月
189	大姐当母:拉姆养育妹妹梅朵	254	拉姆三迁
	2023年2月—3月		2023年7月—8月
208	拉姆接管妈妈的领地	278	神秘的小家庭
	2023年4月—5月		2023年8月—11月
		282	探寻幼崽诞生之地
			2023年12月

289	**尾声**
295	**参考书目**
298	**雪豹大事记**
300	**雪豹的研究和保护**
305	**致谢**

序章：99次雪豹之约

2008年3月，《成都商报》报道四川省甘孜州石渠县真达乡的一位喇嘛，用家用摄像机拍到了雪豹，图像虽然很模糊，但专家确认是雪豹。据说这是国内拍到的第一段野外雪豹视频。我从此开始关注雪豹。

几年后，我看了美国著名作家彼得·马西森（Peter Matthiessen）所著的《雪豹：走向喜马拉雅的心灵之旅》（*The Snow Leopard*），书中写了他和世界著名博物学家乔治·夏勒（George Beals Schaller）在尼泊尔寻找雪豹的旅程，文笔优美生动，让人如临其境。我一口气读完，心潮澎湃，心想那就是我梦想的经历。追寻雪豹的想法由此扎根脑海。

2015年8月，我首次尝试在青海寻找雪豹，一个星期后无功而返，由此认识到寻找雪豹的难度，也理解了为什么夏勒博士和马鸣老师7年7次长时间系统研究考察都未能见到雪豹。

2018年6月至9月，我跟随中国著名探险摄影家吕玲珑，在海拔4500—5000米的高山上野外扎营3次，历时20多天，终于如愿3次见到雪豹。此后，我给自己定下在野外见到99次雪豹的目标。

2019年8月23日，我跟随吕玲珑老师和他的助手泽仁邓珠，在石渠拍摄一窝兔狲，然而等到下午2点多，兔狲还是没有出来。眼看天要下雨了，我们决定到石渠县呷依乡去看看——最近那里有人用手机在路边拍到了雪豹。

呷依乡当时的党委书记叫多登，他认识吕玲珑老师和邓珠师傅。多登的汉语很好，他给我们介绍了雪豹的情况，还热情邀请我们喝茶，吃刚刚煮好的牦牛肉，不过我们只想知道雪豹点的情况。于是多登开上自己的车，并在路途中叫来一位护林员，带我们一起去找有人拍雪豹到过的地方。

蒙蒙细雨中，先是窄窄的水泥路，然后是土石路，汽车行走了约50分钟，我们来到了一个很偏远的山谷。

山脊从沟口的几十米高，慢慢抬升到里面的五六百米高，有很长的纵深。碧绿的草坡上有不少突出的裸岩，山坡正南方的山脚下有一条小河，是雅砻江的上游支流。这里有很多岩羊，估计有500只以上。这是一处理想的雪豹栖息地。牧民就是在沟口路上拍到了河对岸石壁上的雪豹，雪豹见到人并不害怕。

山谷的中部有一处温泉，在当地很有名气，除本地牧民、喇嘛外，不时有人从玉树等周边地区来泡温泉，所以这里的道路维护得相当不错。我们决定过些时候再来。

这些年来，我一直很关注雪豹的分布和人们观察、遇见雪豹的信息。

青藏高原和新疆的高山地区，有很多适合雪豹生存的地方。国内已知确有雪豹栖息的省区有青海、四川、甘肃、西藏、宁夏、内蒙古和云南。世界自然基金会（WWF）发布的资料显示，全世界共12个国家有雪豹分布，分别是中国、俄罗斯、蒙古、吉尔吉斯斯坦、哈萨克斯坦、塔吉克斯坦、乌兹别克斯坦、印度、巴基斯坦、尼泊尔、不丹、阿富汗。

三江源地区，特别是青海的杂多县、治多县，还有四川的石渠县，可能是中国雪豹分布最密集的地区。迄今为止，在国内拍摄的有关雪豹的影视作品，如迪士尼等联合出品的电影《我们诞生在中国》、法国摄影师拍摄并在中央电视台播放过的纪录片《雪豹的冰封王国》、中国野生动物摄影先驱奚志农和他的牧民摄影师团队拍摄的电影《雪豹和她的朋友们》，都是在这个区域拍摄的。

由于雪豹分布在高海拔人迹罕至的广袤地区，全世界到底有多少只雪豹，并没有准确的数据。据科学家大致估计，目前野外雪豹数量在3500—7000只，其中一半以上栖居在中国。按这个分布估算，中国应该有最好的雪豹拍摄条件，这也是我选择专注拍雪豹的重要原因。

本书中的雪豹观察记录，完全依照实际的时间顺序进行呈现，并有大量图片和视频资料作为支持。

雪豹天堂——这是一处雪豹的理想栖息地,山坡上岩羊成群

卓玛

2015年6月—8月

推测卓玛在这段时间里出生。

达瓦

2019年2月—3月

推测卓玛此时初次交配,对象很可能是达瓦,因为达瓦是后来几年中,这片区域内唯一可以确定的常驻雄性雪豹。

2019年6月

卓玛第一胎三只幼崽大约在此时出生。因为在2020年7月初,我们见到的三只幼崽,个头已经几乎和妈妈一样大。

2021年6月19日

雄性雪豹达瓦在红石堆中首次现身。根据后来的观察可以发现,达瓦在与雌性雪豹交配后,也经常返回这一区域。

2021年10月

第一次记录到卓玛带第二胎唯一的幼崽梅朵活动,猎杀了一只公岩羊。梅朵很小,只能吃岩羊的舌头和内脏。

梅朵

卓玛与梅朵,此时梅朵大约一岁,十分健壮

2023年2月24日—2月26日

拉姆和达瓦交配。

2023年6月2日

拉姆进入产崽用的岩洞。

拉姆　　　达瓦

雪豹卓玛家族关系图

卓玛和一岁左右的三个孩子

2019年8月23日

从石渠县政府听到消息,呷依乡牧民在河边拍到一只雪豹。既有可能是雄性雪豹达瓦,也有可能是因为幼崽尚小而单独外出捕猎的卓玛。

2020年7月3日

首次见到卓玛一家,共四只雪豹。卓玛脸上几乎没有伤疤,看上去很年轻,加之这片区域此前没有传出过雪豹的消息,可以推测这是卓玛的第一胎。

2021年5月

卓玛仍同第一胎的三只幼崽在同一区域生活,但卓玛开始驱赶孩子们。卓玛此时可能正在发情或者已经交配,但是从后来卓玛只诞下一只幼崽的结果来看,这次交配并不充分。

2022年5月3日—5月7日

卓玛和达瓦交配。此时梅朵尚不到一岁。

卓玛　　达瓦

2022年11月15日

初次见到卓玛第三胎两只幼崽。

卓玛再次成功养大了两只幼崽

2023年7月4日

第一次拍到拉姆的幼崽在岩洞口出现。

2023年7月17日

拉姆转移第一胎三只幼崽。

拉姆与一岁左右的三个孩子

卓玛第一胎　　拉姆和两个哥哥

初见一家四口　　　　　2020年6月—7月

2020年6月24日

转眼到了2020年6月。吕玲珑老师传来消息，呷依乡党委书记多登和乡长，分别在6月20日和22日拍到4只雪豹，一只大一点，3只略微小一点——应该是雪豹妈妈带着3只1岁左右的孩子。

他们拍到雪豹的地点，正是2019年我们去过的山谷。

这个消息让我很振奋，6月24日就从成都飞到了玉树。邓珠到机场接了我，3个小时后我们就来到了石渠县城。了解更多情况后，我觉得见到4只雪豹在一起机会难得，且雪豹是领地性动物，一定会再回来的。所以，我决定这次就守候这4只雪豹。

● **领地性动物**

指的是某个物种会在比较固定区域活动，并且会用一系列领地行为，如刨坑，或留下尿液、粪便、毛发、腺体味道等来做标识，区分出领地的边界并标识占有情况，让同种的其他动物知晓，以避免冲突。领地的大小，首先是由领地上的猎物决定的，猎物密集，领地可以很小；猎物稀少，就需要很大的领地范围。同性领地基本不重叠，异性的领地很多是重叠的。雌性动物的领地大小是保守的，能养活自己和后代就够，不会费力去多占地盘；雄性动物除养活自己以外，还会尽量扩大地盘，囊括更多的雌性，这样它可以繁衍更多属于自己的后代。

卓玛与它的第一胎全家福

> 石渠这个地方的岩羊如此之多,我相信这家雪豹的领地不会太大。它们活动范围小,会很快回来。

2020年6月25日

下午到雪豹点,山脊上有一群公岩羊。一只狼从山坡缓缓往山脊上走,没有向着岩羊的方向去,仿佛是要翻山离开。上到山脊,狼突然掉头,沿着山脊追击岩羊,先向左追,然后又反过来往右追,几秒就消失在山脊后面了。不知道狼得手没有,这个过程充分展示了狼的捕猎是很讲策略的。

在山沟的入口处,很靠近公路边的陡峭的岩壁上,一只母羊刚刚产崽,小羊还站立不稳。

2020年6月26日

再去雪豹点,又在路边的岩壁下看到一只产崽的母羊。小羊在妈妈身边蹦蹦跳跳,母羊正在吃胎衣。

● **吃胎衣行为**

关于岩羊产崽后吃胎衣的情况,我请教了成都动物园的专家,专家回复:岩羊胎衣的腥味很大,很容易招来嗅觉灵敏的掠食动物,如狼、雪豹、熊等,母羊吃掉胎衣,可以迅速消除气味。另外,分娩后的动物身体通常较为虚弱,短时间内进食不太方便,胎盘中含有丰富的蛋白质、铁、钙等,对分娩后的动物来说是一种重要的能量和营养补充。

卓玛第一胎——拉姆和两个哥哥

母岩羊吃胎衣

2020年6月27日

上午7点半出门,半路上看到公路边10米处有一个狐狸窝,于是追踪拍摄了一段时间,下午才到达呷依雪豹点。下午4点开始下大雨,下了3个多小时。

2020年6月28日

早上7点半,没吃早餐就出发。继续拍摄赤狐妈妈和两个小宝贝。下午到雪豹点,见到3只产崽的岩羊,都在同一个地方——离路很近的陡峭悬崖上。这可能是岩羊想借人类活动防止掠食动物的攻击。

多登一行人来陪我们,他是对动物真有热情。他们支起帐篷,用小天然气炉现煮了最好的牦牛肉请我们吃。他们管这个叫"坨坨肉"。刚刚去生的牦牛肉,蘸辣椒面,好吃!

2020年6月29日 **徘徊不去的岩羊妈妈**

第5天。11点半左右到达雪豹点,开车仔细搜寻了一圈,没有雪豹的踪影。12点半,在4只雪豹出现过的山坡下面,我们把车停在河边开满鲜花的草地上,架好单筒望远镜,拿出干粮静心等待。邓珠守着望远镜,我往山上爬了一段,在红石岩壁间的兽道中仔细观察,没有发现雪豹的刨坑、粪便等痕迹。

我步行到沟口岩羊产崽的陡直岩壁处,又有一只岩羊刚刚生产,这是我记录到的第8只母羊产崽。晚些时候,我看到3只母羊带着两只小羊在附近游走,沐浴在傍晚的金色阳光中。多出的那一只母羊,可能是失去了幼崽的妈妈,过去几天我和邓珠都注意到它。它一直在这里四处走动,而这片山坡没有岩羊群。岩羊是群居动物,除产崽的时候,通常是待在大小不同的群里。到底发生了什么事情?现在我才明白,它应该是刚刚产崽的母羊,不知道什么原因，失去了刚出生的孩子——也许是被雪豹、狼或者金雕捕杀了。但它不明白自己已经永远失去了孩子，过去几天里还在不停地寻找；当看到其他岩羊妈妈和孩子出现时，它以为那是它的孩子，就和它们待在一起，这就是为什么三只母羊只有两只幼崽。

我想，幼崽的亲生母亲不会介意的，因为岩羊群居，多一只母羊在一起很自然；而失去幼崽的母羊，也许可以得到些许安慰。岩羊母亲的执着大概和这个物种的个性有关。岩羊是非常倔强的动物，动物园在转移岩羊的时候常常遇到困难。人类曾试图驯化岩羊，但没有成功。在《雪山精灵：岩羊》中有相关的记录，它们"一旦中计被擒，立即自断饮食，暴躁者狂蹦乱跳，以头击柱而亡；内向者则静默抗议，郁郁寡欢而死"，可见其刚烈。

等到下午7点，雪豹没有出现，晚上10点多回到县城，吃完饭回酒店已经快夜里11点了。石渠县的饭馆晚上关得都很晚，或许是西部天黑得晚的缘故。

2020年6月30日　无功而返

第6天。上午就到雪豹点，离雪豹惯常出现的下午还早。我们看到一条通向河对岸山上的碎石路，决定去探索一下。顺着路往上开车，邓珠不时下车把路上的石块搬开，他说这是积功德。碰到一位骑摩托车下来的牧民，邓珠问他这路通什么地方，他说这路翻过上面的垭口，通向山背后的寺庙，熊很多，早晚没有人敢走。路窄坡陡，我们花了半个小时，开到山垭口。一路上有很多漂亮的高山花卉，好多种不同的绿绒蒿，靠近垭口处有很多雪莲花。垭口背后的山谷开阔寂静。邓珠知道牧民说的那个寺庙，从寺庙出去就可以绕回我们来雪豹点的路上。我们继续探索垭口到寺庙的这段路，一路没有岩羊之类的动物，连最常见的白屁股藏原羚都没有。可以肯定，雪豹不会喜欢这些地方——不论是长期栖息还是迁徙路过。下午3点40分，我们返回了雪豹点。

吕老师已经在河边观察点，同在的还有甘孜州林科所的几位科研人员，他们以前来这个地方调查野生动物，数过岩羊数量，但没有见到过雪豹。我们把车开到河边花草地上，架上望远镜，边等边吃方便面，等到下午7点多收工，晚上快10点回到县城。从这天以后，吕老师和林科所的人都去其他地方了，估计他们对等到雪豹没有信心了。而我觉得，越到后面机会越大，不能放弃。

2020年7月1日

第7天。7点半出发，走昨天探索的寺庙背后的路到雪豹点，希望早上能碰到动物。实际情况还是和昨天下午一样，没有见到任何动物，更没有牧民说的令人恐惧的棕熊。

到了雪豹点，我觉得探索周边的情况很有必要。于是从沟口把车开过半米多深、20米宽的河，探索雪豹点背后的情况。朝北的阴面山坡上只有流石滩，没有花石山；由于是阴面，草还是黄的，也没有见到岩羊。雪豹应该不会到这面来。12点，在河边停车守候。下午多登书记又过来，煮坨坨肉给我们吃，给我介绍乡上的情况。他们乡人均年收入约4000元人民币，来源是虫草、牦牛、白菌、贝母、人参果等。

2020年7月2日 遭遇事故

第8天。上午10点半出发，刚刚开过西区城区，邓珠开车正常行驶，突然一辆满载碎石子的大三轮车越过中线，撞到我们车的驾驶侧，前后车灯、反光镜、前后保险杠都被严重损坏，车前部还漏出液体，应该是冷却水箱被撞破了。真是倒霉！

三轮车司机不会说汉语，没有驾照，车也没有牌照，他说自己的车装满东西就刹不住车。我没有生气，认为这么倒霉的事情都发生了，好运气该来了！我把情况告诉了吕老师，请他帮我租辆车，好继续去守候雪豹。

交警很快过来处理事故。邓珠的姐夫尼马扎巴开来了他的车，我便租他的车继续去呷依，邓珠留下来处理事故。

尼马扎巴60多岁，以前在县卫生系统工作，早年当过护士，跑遍了石渠的山山水水，退休后开了一个小旅店，做些旅游接待。我们一下午没有收获，回到县城时，邓珠也已经把车开到县城，事故处理完毕，车要弄回成都的4S店修。

2020年7月3日　雨中初见

守候雪豹的第9天。早上7点半和尼马扎巴出发，先去一条山谷中拍旱獭。这里旱獭非常多，大的小的都有。最有意思的是，开满鲜花的草地上两只旱獭在打架，它们表演了两次，让我拍到了喜欢的旱獭照片。接着去长沙贡玛，看去年发现的兔狲窝。路上尼马扎巴发现了一个红隼窝，5只亚成红隼一字排开站在洞口，画面堪称一绝！

红隼

下午3点多到雪豹点，我吃了个苹果，在车上横躺着睡觉，尼马扎巴拿着小单筒望远镜观察，他从来没有见过雪豹。大约睡了一个小时，尼马扎巴叫醒我，说好像看见雪豹了，有3只，在山坡高处很大的石头堆上。

　　3只？应该是4只吧！我想。赶紧下车支起三脚架，架好相机，通过相机观察尼马扎巴说的大石头堆，没有看见雪豹。不一会儿，尼马扎巴说有两只雪豹出来了。我还是看不见！

　　尼马扎巴急忙帮我用相机对准。下午4点45分，两只雪豹正在大石头堆下面的绿草坡上往山坡下方跑，我按下视频键，慢了一点点，一只雪豹已经消失在草坡后面了。几秒钟后，大石头堆里又跑出两只，最后都消失在草坡后面了。果然是4只雪豹！

　　等了几分钟，一只雪豹出现在草坡上，卧着休息。一会儿，又出来一只，再一只，再一只！共4只！正在这时，多登的车来了，我指了雪豹给他们看。

　　天开始下小雨，逐渐变成大雨。雨幕中4只雪豹一齐注视着我们。我拍了几张，雨雾茫茫一片，相机便对不上焦了。尝试了几种自动对焦方式，都不起作用。最后转动手动对焦环，基本清楚后再自动对焦，成功了。

　　4只雪豹卧在草地上，看着我的方向。过了一阵子，雨更大了，雪豹妈妈起身缓步向左面的流石滩走去，3只小雪豹先卧着不动，几秒钟后跟了过去。

　　大雨下个不停，再看不见流石滩中的雪豹，估计它们是找个石头洞躲雨了。下午7点多，天色已暗，我们收工回县城，快到呷依乡上的地方，有手机信号了，我把好消息告诉了吕老师、邓珠和林科所的人。

2020年7月4日　　夏日盛宴

　　此行第10天。早上5点半，尼马扎巴、邓珠和我，天不亮就出发。一直下雨，尼马扎巴开车飞快，8点就赶到雪豹点，转了一圈，8点37分，发现雪

卓玛第一胎——拉姆和两个哥哥

雨幕中的一家四口

夏日盛宴

豹全部在老地方。我怀疑上面有什么情况，飞无人机上去，发现雪豹旁边有个小土坑，里面有一只被杀死的母岩羊，雪豹正在轮流吃肉。

下午雨小了一些，雪豹们应该吃得很饱了。下午3点18分，先是一只雪豹往下走了50米，来到一个突出的小山包上；过一会儿，又一只上到山包上；十几分钟后，从流石滩中走出一只雪豹，个头稍大一些，应该是雪豹妈妈，它也走到小山包上。后来我给雪豹妈妈取名"卓玛"，是藏语"观音菩萨"的意思。我期盼4只雪豹都上到山头上，探出头来让我拍！

下午沿着河边还来了一匹独狼，它好像在找什么东西，不时仰头嗅空气。它不在乎我们，直接从我们车边走过。我后来才想到，它是冲着食物来的。

下午4点13分以前，还有一只雪豹在不停地吃羊，邓珠给它取了个外号叫"饿鬼"。后来我才知道，它应该是3只幼崽中的妹妹拉姆，另外两只幼崽是哥哥。土坑旁边已经有秃鹫、乌鸦和金雕在等候。我们开车换了个角度看"饿鬼"吃羊，岩羊已经被吃得只剩皮和骨头了。

下午4点23分，"饿鬼"拉姆终于离开岩羊，向小山包上的3只雪豹走去。它一离开，乌鸦、秃鹫等就扑向残羊。拉姆又回冲过去，驱赶走食腐动物们，试图守住食物。过段时间，它又离开，然后又冲回去，这样重复了两次，拉姆终于放弃了。

下午5点04分，拉姆和其他3个家庭成员一起聚在了小山包上。从我们相机的角度，只能看到一个或两个头。

我再次放飞无人机，无人机的声音引起雪豹的好奇，它们探出头来观看，这一幕被邓珠用相机记录了下来。我把无人机往上升，雪豹并不害怕，只是好奇地看着。我操纵着无人机环绕小山包飞行，下午5点18分，我拍到了后来在国际野生生物摄影年赛（WPY）中获奖的作品《雪豹之夏》：碧绿的草地上开着小花，雪豹一家四口卧在草地上，背景山峰上积着雪。

盛夏时节，我站的地方正在下雨，而更高的地方是在下雪。

雪豹之夏

后来，我给这个小山包取名为"瞭望台"。

雪豹们趴在那里一直没有动。当雪豹吃得很饱时，有时会懒得走动。我想这几只雪豹现在就是这种状态。

不过十来分钟，另一边的食腐动物就基本解决了战斗。先后有乌鸦、高山兀鹫、金雕、狼、胡兀鹫过去吃，我们离开时，只有一只胡兀鹫还在。

下午的拍摄全是在雨中进行，浑身湿透，上车才感觉到冷，裹上厚毛毯也没有用，身体不停地颤抖，十多分钟说不出话来。后来才知道，这种现象叫失温，很危险，时间长了会出人命。好在我们车上有暖气，20多分钟后我恢复了正常。

这是一次很成功的雪豹拍摄。我可能是第一个拍摄到4只大个体雪豹同框的摄影师。这次拍摄的成功首先是基于对当地的环境、猎物情况的了解，准确预测了雪豹会回来；其次要特别感谢多登，没有他的热情，很可能不会有这样好的结果，在我等待期间，他还3次带人来看望；再就是无人机使用得比较成功。这其实不容易，以前我在昂赛飞过无人机，机器升上高空后，视野大变样，完全找不到方向。我后来到成都附近的巴朗山练习飞过多次，才基本掌握了要领。

动物天堂　　　　　　　　　　　　　　　2020年7月

4只雪豹在一起的画面太难得一见了！20天后，我带汉族向导曾长一起来呷依，希望他也能看到这些雪豹。曾长曾多次带领法国野生动物摄影团队在青海杂多县昂赛乡拍摄雪豹，很有经验，给过我很多帮助。

然而一个星期下来，没有看到雪豹的踪影。不过，此行另有收获。

2020年7月29日　偶遇兔狲一家

我们无意中在路边发现了一窝兔狲，是兔狲妈妈带着3只幼崽。它们的窝就在路边20米远处的小石头坡上，周围环境非常漂亮，石头后长着很多红色苔藓，周围的草地上盛开着各式各样的高山花卉。

我尝试用自制的遥控系统进行拍摄。这个遥控系统包括三部分：一个自制的信号放大系统，能将索尼的蓝牙遥控器距离增加到200米以上；一个可以上下左右转动的遥控云台，控制距离也可以达到200米；还有这大疆的图传系统，能把图像传到几百米外。我把相机放在兔狲窝后面的山坡上，自己躲在100米外的车里，当兔狲到坡顶玩耍的时候，正好进入相机的视野范围，就可以远程拍摄。

图传系统有一个冷却风扇，会发出轻微的"嘶嘶"声，引得兔狲们十分好奇，一直盯着相机看。这给了我绝佳的拍摄机会，但很可惜没能完全抓住。这是我第一次实际使用这个系统，相机设置不科学，错误地采用了手动模式，导致在光线变化大的情况下，最后阶段的感光度太高。

2020年7月30日　千里救援

第二天，我们再次用遥控拍摄，改为光圈优先模式，设定好最低快门速度、感光度范围，把最低快门速度设在1/15秒。还是太低了，但已经有进步，拍到了效果不错的视频和照片。

天擦黑时，小兔狲们很活跃，只是没见妈妈回来。

天黑了，我们准备收东西回县城，车子的蓄电池没电了，怎么都打不着火。丰田越野车是有电瓶电量报警的，怎么会没有电了呢？可能是我们开车涉水过河，河水有半米多深，而且我们的车为了增加越野性能，改装过，诸多因素导致漏电，没有报警。现在看来，对拍摄野生动物，车辆的可靠性是第一位的，不应该对车辆进行改装。

还好卫星电话仍在车上。我给吕老师打电话，看他能不能请多登他们从呷依乡来帮忙。不巧，乡上的干部都在县上开脱贫攻坚庆功会，只好请尼马扎巴从县城开他的越野车来支援。终于安排妥当，已经是晚上9点50分了。这是卫星电话第一次在关键时刻发挥作用。

晚上11点半，尼马扎巴到了。130千米，包括30千米土路，非常快！他是我见过的最好的司机，车开得好是他的骄傲。他开车涉过深及车身三分之一处的河水，明亮的车灯光下，水流显得更急。成功搭上他带来的电缆，我们的车终于能发动了。

为了让司机保持清醒，我们分坐两辆车上路，和司机说话。我坐尼马扎巴的车在前面走，邓珠和曾长开另一辆车在后面跟着。刚开出去几千米，就碰到一头大棕熊，在车灯的照射下，飞快跑上了山坡。邓珠曾告诉我，棕熊上坡跑得很快，下坡反而慢，因为它们太重了。凌晨1点40分，回到县城，成都饭店老板做好饭在等我们，是吕老师安排的。吃完饭已经是夜里2点半了。

卓玛第一胎——拉姆和两个哥哥

偶遇兔狲

兔狲一家

奇妙的重逢 2020年8月

自我在7月初拍到4只雪豹后，吕玲珑老师开始天天到呷依雪豹点蹲守。等了30多天，一只雪豹也没有看见。

2020年8月7日，我再次来到石渠。

2020年8月8日　猎手和猎物

一大早去雪豹点，石渠县罗林县长也来了，他主要是来看兔狲的。那一窝兔狲还在老地方。

下午，吕老师和尼玛扎巴陪罗县长去守兔狲，我和邓珠在河边守雪豹。邓珠有个职业习惯——从不午睡，怕养成睡觉的习惯会影响开车工作。

他架起单筒望远镜观察，我在车后排横躺着睡觉，约莫睡了一个小时，做了梦，睡得很舒服，人一下有精神了。起来用单筒望远镜扫山脊，十多分钟没有看到任何动物。我又把望远镜调到最小的焦段，扫描式搜索山坡，突然看见山脚陡直的红色岩壁上有很多岩羊，再仔细看去，发现所有的陡岩上都有岩羊。这是一个信号，岩羊正在躲避掠食者！

还没来得及多想，移动中的镜头中便出现一只雪豹的头像，模糊的，在焦点之外。调整焦距一看，一只雪豹露出小半身，正注视着我。整个过程像在梦中，有点不敢相信，我赶紧喊邓珠，他一看，说就是雪豹！

这是我第32次见到雪豹，也是第一次自己发现雪豹，以前都是向导或同伴发现的。

雪豹就在上次4只雪豹饱餐之后休息的山包，我取名"瞭望台"的地方。

由于只有一只雪豹，我想它很可能是3只亚成年雪豹的父亲，雪豹妈妈应该和幼崽们在一起。

我赶忙去通知吕老师和罗县长,回来后才架相机拍摄。雪豹不远处有大群岩羊,300只左右,靠得最近的岩羊甚至能和雪豹同框。雪豹观察岩羊,领头公羊也警惕地注视着雪豹,不时发出警报般的哨声。

相持了片刻,雪豹卧下,在地上打滚,像是为捕羊做准备。岩羊群慢慢向山上移动,都盯着雪豹的方向。又过了一会儿,雪豹不活动了,改为趴着睡觉,它可能知道那么多双眼睛看着,不会有捕猎机会。

下午6点半,我们觉得雪豹一时不会捕猎,于是收工回县城。吃饭的时候,尼马扎巴说,或许没有机会再见到4只雪豹了,当初吕老师接到我们的电话没有赶过来,可能要遗憾终生了。

2020年8月9日

早上,我和邓珠6点出发,8点不到就到了雪豹点。没有见到雪豹,我们就一直在河边耐心等候、搜寻,下午1点多,尼马扎巴和吕老师来了。尼马扎巴刚下车几分钟,就叫道:"那不是雪豹吗!"

雪豹就在我们正对面的草坡上,距离很远,但十分明显,我们居然没有看见。找雪豹就是这么奇妙!这也许是我们的盲区,也许是它刚刚从藏身的地方出来。

雪豹在那里很久不动,我们怀疑它是不是刚猎到了羊,于是飞无人机上去看,并没有羊。雪豹听到无人机的声音,站起来看了看,向右转身缓步走几步就到草坡后面了。我们上午没看见它,一种可能是忽视了开阔的草坪,另一种可能是它本来就在看不见的沟坎之后。几分钟后,它又出来了,向左走,一会儿消失在沟壑之中,一会儿又出现。过了片刻又折回向右,最后在更上方的一个长条石头堆上卧了下来。

一小群岩羊从山坡下方四五十米的地方向雪豹方向走来。母羊们在吃草,一只公羊注视着雪豹。雪豹在岩石上静静地看着羊群,从上向下是攻击

夕阳下的雪豹与岩羊同框

的理想方位，也许距离还是远了，它没有动。我拍下斜阳下青草地上岩羊和雪豹同框的照片。羊群可能还是觉得有危险，十几分钟后掉头走开了。

我们决定明天再来。在晚饭时，尼马扎巴说，他看见雪豹在高处不时张嘴，不是打哈欠，倒像在号叫。由于距离远，我们又在河边，流水声大，听不到雪豹的叫声。雪豹一般只对同类号叫，难道这里还有另外的雪豹吗？如果4只雪豹也在这里，加上这只公豹，一共5只，那就太绝了！

● **岩羊的判断力和领头羊**

岩羊会根据雪豹行为做出反应。当雪豹不在捕猎状态，即使它们相互之间离得很近，岩羊也不会逃跑，有时甚至会主动靠近雪豹。岩羊知道，比赛跑，它肯定比雪豹跑得更快。

当雪豹处于捕猎状态，如埋伏灌木丛中、石头堆里，被岩羊发现了，岩羊会立刻报警、跑开。有时岩羊可能只是闻到了雪豹的味道，并不知道雪豹的具体位置，也会停止吃草，表现出紧张的状态。

领头羊是明显存在的。发现不是十分迫切的危险后不久，大部分岩羊会重新开始吃草，只有一只岩羊始终留意着雪豹的动向，当雪豹试图攻击，这只羊就会报警，让整个羊群逃开。

2020年8月10日　隐身的雪豹

我们早上8点出发，10点到达河流下游的雪豹点，架起单筒望远镜寻找雪豹的踪迹。10点25分，在草坡上看到一只岩羊，很紧张地看着右方。邓珠

领头羊

五块石上再见雪豹一家

说还有两只岩羊，我找了半天也没看到。再问，邓珠说在大石头堆的左下边。我向左移动望远镜，视野里出现一只半蹲着的雪豹，非常肯定，它正看着那两只岩羊。这是我第二次自己发现雪豹。后来我把这一大片石头堆取名为"五块石"，因为一共有五大堆石头。

两只岩羊就从雪豹下方向右边跑远了。雪豹一直坐着，观察左边的山坡，那里没有岩羊，只有旱獭。之后的几个小时里，雪豹不断移动，肯定是想捕猎旱獭。又过了一个多小时，它回到五块石边的草地上，只露出一个头，如果不知道那里有雪豹，即使用望远镜搜索，也极难发现。

● 雪豹皮毛花纹的隐蔽性

雪豹的皮毛在高山裸岩环境和草地石头块环境，都有很好的隐蔽性。在不同环境和光线下，皮毛看起来呈烟灰色或奶黄色，上面布满各种形状、大小不一的黑色斑块和条纹；这些斑块和条纹，能在任何角度打碎雪豹身体的轮廓线，让它很容易隐没在环境中。雪豹是顶级食肉动物，除人类之外，基本没有天敌。进化出这种隐身性，就是为了捕猎。它为猎杀而穿着，让猎物不容易发现它。

其他猫科动物的皮毛颜色和斑纹，也是对各自所处环境的适应。豹的点状花纹，在茂密的植被中非常有效；虎的条状花纹在长草和森林中有效；黑化的猫科动物（即发生黑色变异的猫科动物，如黑豹）通常都是生活在植被茂密、光线很差的森林中；家猫有很多颜色艳丽和斑纹奇特的品种，是人工选育的结果，在严峻的野外环境中，它们应该活不下来。

隐身皮毛——你能找到照片中的雪豹吗

下午,雪豹又试图捕捉旱獭,这个过程显示出它捕猎时极大的耐心——它在旱獭窝边坐等近两个小时,其中有半小时连头都不动一下。

下午4点03分,它放弃捕猎,转身向下面的五块石慢慢跑去。当它进入大石堆中间,石堆里又出现一只雪豹,过一会儿再一只,又一只!原来4只雪豹都在这里！太出乎意料了！我们始终没有想到，我们看到的单只雪豹会是雪豹妈妈，而3只小雪豹就藏在我们的眼皮底下。看来我们对雪豹习性的了解还很不够。

雪豹一家陆续进入一块巨石下的洞穴，我们正担心它们不出来了，下午4点47分，它们却依次走了出来，爬到五块石右上方的一座大石头堆上，并且4只一齐探出头来望向我们！吕老师、邓珠和我都拍下了这个精彩瞬间。

几分钟后，4只雪豹向后移动、趴下，消失在了我们的视野里。过了几分钟，有一只探头来看我们。它们完全意识到我们的存在，但不害怕。天开始下雨，而且越来越大，到最后彻底看不见雪豹了。我们决定明天再来，为此，我退掉了原计划第二天一早回成都的机票。

我们一直觉得4只雪豹，特别是其中有3只亚成雪豹，应该是藏不住的。没有想到我们这么多双眼睛盯了两天都没发现它们。昨天见到的雪豹张嘴叫显然也不是偶然现象，我当时没有意识到这是一个雪豹家族同在的重要信号，反而一直认为自己看到的是单只公雪豹。

我猜测雪豹几天没有吃东西了，妈妈有强烈的捕猎愿望，以后几天应该能够再见到它们，也许会是在捕杀岩羊。但事实再次出乎我的预料，后面两天，我没有发现它们。

我见过三十几次雪豹，看过不少相关的书籍，也做出过一些正确的预测，本以为自己对雪豹有相当了解。这次观察再次提醒我，我们对雪豹的了解还是太少。

2020年3次共20多天的拍摄雪豹期间，我们通过开车和步行，把呷依雪豹点的周边都探查了一遍，周围各个方向都有道路环绕。在以后的记述里，我把拍到4只雪豹的地方叫"河边雪豹点"或简称"雪豹点"。

南面的山势陡峭，正南方向直线六七千米，越过一条很高的山脊，有一南北向转东西向的山谷，西南山坡上有一些裸岩，偶尔能看到岩羊。当地牧民告诉邓珠，2019年他们在这条沟谷放牦牛时，发现石头洞里有一窝3只小雪豹，雪豹妈妈不在。他们知道雪豹会吃牦牛和羊，于是动过念头，想要弄死这些幼崽，但也知道《野生动物保护法》，而且藏传佛教不让杀生，他们就用石头把洞口堵起来，希望饿死这些小雪豹。几天后，他们发现洞口被打开了，应该是雪豹妈妈扒开了石头，把幼崽们带走了。我们把这里叫"下游雪豹点"。

从河边雪豹点顺河向山谷深处走，地势会慢慢升高，开车到14千米处，有一个高山垭口，垭口附近总有一小群岩羊。我们在路边看到了一次雪豹的脚印，一位长期在这里放牧的老牧民说，他多次在这里看见一只很大的雪豹。我们把这个地方叫"垭口雪豹点"。

这三个雪豹点往外，不远处就是比较平缓的草地，没有裸岩，没有岩羊，应该不是雪豹喜欢的栖息地。继续往外，是更加平缓的草场，还有河流，对雪豹的栖息和迁徙都不利。我们相当肯定，呷依的雪豹主要就在3个雪豹点之间来回活动。河边雪豹点岩羊最多，但靠近道路和牧民居住地；其他两个点没有人类的干扰，只是岩羊较少，或只在部分时间有岩羊。在这里定居的雪豹一般不会往外迁徙，外面区域的雪豹，估计也很难来到这里。

● **栖息地大环境**

雪豹生存于高山及亚高山带，常活动于崎岖的岩石地形。它们主要出没在有陡峭悬崖、深谷和高耸山脊的高山生境，高山草甸和高山灌丛也可为之所用，但诸如荒原、冰川等缺少遮蔽物的栖身之地，雪豹能避则避。

在蒙古以及中国的青藏高原，雪豹常出没于开阔的干性草原和荒漠，以及相对孤立、地势较

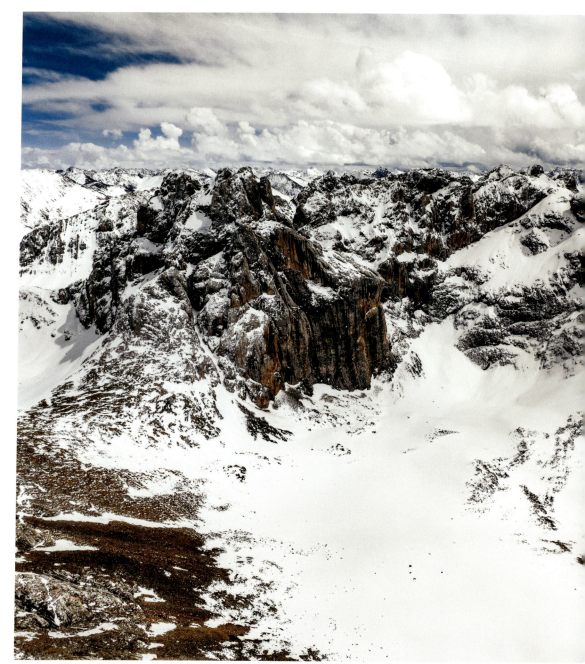

雪豹栖息地的大环境堪称壮阔奇绝

低的山地。有记录显示，曾有雪豹在不同山丘的开阔地之间横穿了80千米。在一部分山地生境，如中国的天山、巴基斯坦的兴都库什山和俄罗斯境内的阿尔泰山，雪豹会在针叶疏林中活动，却对密林避而远之。

据《世界野生猫科动物》(*Wild Cats of the World*)记载，绝大多数雪豹生活在海拔3000—5500米的地区，但在分布区北部，它们也会出现在海拔更低的地方，比如蒙古南部的雪豹便出没于海拔900—2400米处。这大概是因为，雪豹本身能够自如应对积雪。不过在高海拔分布区，有蹄类动物往往会随季节垂直迁徙，寻找草场和栖身之所，雪豹也会循着猎物的踪迹去往海拔相对低的地方过冬。

我去过的雪豹栖息地中，昂赛栖息地形态是最丰富的，有高山裸岩、高山草甸、高山灌木丛，还有古柏树林。

春节寻豹　　　　2021年2月

2021年2月15日

正月初四。早上9点，吕老师、邓珠和我一行3人从成都出发。这是我第一次开车去石渠，以前为节省时间，都是先飞到玉树，等伙伴开车来机场接我。疫情期间，出行的人很少，又是春节，我们有点担心一路的吃住。下午6点左右到炉霍，有一家新开的酒店在营业，街上也有餐厅、超市开门，没有遇到想象中的问题。

炉霍到石渠还有400千米路程，测速路段很多，故而全程要6小时。顺利到达石渠后，看见天气预报说晚上会下雪，心里充满期待。下雪天的景色好，拍摄背景可以更单纯，而且雪豹喜欢趁雪天能见度低的时候进行猎杀。

2021年2月17日

早上8点出门。前一日晚上下了雪，石渠城里白茫茫一片，整个县城没有卖早餐的地方，只好在车上吃点面包对付一下。先是往真达方向的垭口去，希望拍到雪中的盘羊，结果那一带没怎么下雪，大段的路面都没有积雪。盘羊也不在。

中午1点多，抵达呷依雪豹点，还没停车就看见几只老鹰在飞。邓珠一下就看到草坡上趴着一只雪豹，一转眼它就不见了，我们向前开了一小段路，只见雪豹顺着黑色的流石滩往下跑，一直跑到离我们80米左右的滚石滩中央。那里有一只死岩羊，老鹰正要吃，被雪豹赶走了。

雪豹看了我们几秒钟，就转身向山上走去，走到高处沟槽的一片积冰旁边，趴下舔冰，足足舔了十几分钟。山脚下的小河完全冻住了，雪豹吃饱后通常要喝水，现在只能靠吃冰了。

雪豹离开积冰，继续往山上走。我们看见它张嘴呼唤同伴，这一次，由于河冻住了，没有流水声，我们听见了它的声音。应该还有别的雪豹在附近，它叫的可能是妈妈。它一会儿就消失在岩石背后，几分钟后又出现，又消失。

邓珠看到了其他雪豹，它们在不同时间出来，前后共4只，不确定是否有重复的。最终我拍到2只同框。我估计4只都还在这里，或者3只幼崽在一起。现在已经到了交配季节，母豹可能会再次交配，它必须和孩子们分开，不然幼豹有被成年公豹杀死的危险。

我飞无人机上去，它们不怕，让我拍下了冬季环境中的雪豹。我又用无人机察看死岩羊，大半已经被吃掉，剩余的不多。下午6点半左右，我们离开。这些雪豹还护着食物，没有离开的意思。

2021年2月18日

一早再去雪豹点。路上有雪，但过呷依乡政府之后的路段完全没有下雪，山上的雪比昨天更少了。没有见到雪豹的踪迹。爬到前一日岩羊尸体处，那里只剩薄薄一张干皮毛，肉和骨头一点都没有了。看来三四只大雪豹一天吃完一整只羊很容易。山坡上方左侧和右侧各有一大群羊，中央一段，就是雪豹常出没的乱石堆一片却没有岩羊，邓珠由此判断，雪豹还在。到下午4点多，右边的一大群羊穿过中央的乱石堆，这让我们觉得没有希望了，于是不再等候。

2021年2月24日

连续5天没有雪豹的踪影，这一天已是此行第9天。上午，在雪豹最可能出现区域的流石滩上部，邓珠又发现了一只岩羊尸体，只剩下小部分身体，但头还在。老鹰还没下来。周边有2只十分警惕的岩羊，后来走远了。我们

冬季环境中的雪豹

估计雪豹还在,从各个角度搜寻了一个多小时,就是不见踪影。下午1点多,我们回到车里吃午餐,就是饼干、坚果和牛肉干。

等待!一直等到下午5点30分,依旧没有找到雪豹。岩羊的尸体在位置很高的流石滩上,皮毛完整,不像被狼猎杀,应该是雪豹的手笔。捕猎大约发生在前天或昨天,可见4只青壮年雪豹可以在很短时间内吃掉一只羊,它们到这里来捕猎的周期也由过去的9天左右缩短到了4—5天。

三兄妹闯世界　　　　　　　　2021年4月—5月

2021年4月30日

我同雪豹向导曾长一起飞往玉树，吕老师开车从石渠来接上我们，一起去治多县。2019年底，我们在治多县多彩乡偶遇雪豹和兔狲，印象深刻。治多县还有非常出名的索加乡，我们也想去看看。

在治多转了4天，看到几个很不错的雪豹栖息地，岩羊很多，但没有见到雪豹。毕竟对这里的情况还不熟悉，不可能每次都有那么好的运气，遇到雪豹自己现身在我们面前。

2021年5月4日

傍晚7点左右，我们从索加往治多县城走，快到扎河乡，手机才有了信号，正好看到邓珠留言要我快回电话。电话打过去，得知呷依乡4只雪豹又出现了，我们决定连夜赶到石渠去。

加油、吃饭、退房，晚上11点出发，凌晨3点半到达尼马扎巴家的酒店住下。一路都是曾长开车，吕老师讲他的传奇故事，大家都兴奋得没有睡。

2021年5月5日　雪豹兄妹现身

早上6点出发，8点到达雪豹点。8点12分，邓珠发现草坡上有一只雪豹。它见我们到来，从150米开外的地方慢慢往山坡上走，在200米处趴下，先还不时看看我们，后来就卧在凹坑里睡觉，那里地势低，需要爬到对面的山坡上才能看见它。到下午5点，我们把车开到离它最近的地方，在车中等候。

下午6点15分，太阳转到山坡背后，雪豹睡觉的地方阴了下来，它开始活动。附近没有岩羊，它快速跑了几段，然后慢慢向山脊方向走去，卧在山脊上，看向山脊的背面，也许对面有岩羊。

下午6点39分，一群受惊的公羊从山脊背后飞奔而来，显然不是因为我们看到的这只雪豹，应该是有另外的威胁。

下午6点51分，果不其然，山脊上出现了1只、2只、3只雪豹，是那几只幼崽，它们齐坐在山脊上，看着妈妈。雪豹妈妈匍匐着身子——这是一种攻击性姿态——缓缓向小豹子们靠近，好像雪豹妈妈并不想小豹们来到身边。几分钟后，3只雪豹主动跑向妈妈，它们在一块靠近山脊的巨石下面互动。我用测距仪量了一下，离我们750米远。

从现在的情况看，3只小雪豹已经在独立活动了，可能还没有完全学会捕猎，还没到离开妈妈的时候。它们三兄妹的行动很一致，同时坐在山脊上，一只起身后，另外两只也先后跟随。这和雪豹求偶期间的行为同步类似。同步坐、同步卧，是最容易观察到的行为。我之前在昂赛观察到一对求偶中的雪豹是这样，现在又观察到雪豹兄妹也是这样。

● **行为同步**

科学家在对合趾猴的研究中发现，长期成对生活在一起的动物，整个种群73%的时间活动行为基本相同。在一对雪豹中，也存在高度的一致性。例如，当一只雪豹在静坐的时候，同一时间，另一只雪豹不处于静坐状态的概率只有1%；当一只在卷曲上嘴唇的时候，另一只仅有5%的概率不会重复这一行为。

雪豹一家:卓玛王朝

同在山脊上

2021年5月6日

早上7点半出发，快10点到达呷依乡的雪豹点，没有见到雪豹。天开始下雪，还不小，只消一会儿，地上、山上都盖上了一层雪。回到雪豹观察点。下午4点半，太阳出来了，周边的雪基本都化了，和几个小时前的白茫茫一片完全是两个世界。邓珠和尼马扎巴开车去沟里面查看，一会儿对讲机里传来消息，下午6点17分，我过去看到了雪豹，离路边600米。4只雪豹，妈妈单独行动。我还是第一次在这个位置见到雪豹，离我们常观察的五块石雪豹点有2千米远。

3只亚成雪豹在一起追逐打闹。傍晚7点06分，它们在一块大岩石下磨蹭头部，这是雪豹的又一种同步行为。后来我们还两次看到，在同一个地点有几堆新鲜程度相同的雪豹粪便，我猜测这是一家几只雪豹同时排出的，这也许可以算另一种同步行为吧。

我估算了一下，2020年7月初次拍到小雪豹时，它们已经和妈妈个头差不多，所以小豹们应该是在2019年6月前后出生的，到2021年5月初已是23个月，超过了科学文献记载的19—22个月母幼分离的常规时间。感觉这3只亚成雪豹很快要独立闯荡世界了。

2021年5月8日

吕老师、曾长、邓珠和我一起，计划先到长沙贡玛转一圈，下午再到呷依看一看这边的雪豹情况。

在县城碰见尼马扎巴和他的夫人、儿子、儿媳，他们准备去呷依泡温泉，我让他顺便看一下雪豹的情况，并把卫星电话交给了他，请他发现雪豹就给我们打电话。

我们往长沙贡玛去，一路上有人烟的地方没有看到什么动物，走到很深的地方，一条河冲刷出一段不高的垂直红土悬崖，这是鸟儿筑巢的好地方。仔细观察，果然发现了一只雕鸮。

三兄妹共同做标记

下午3点左右往回走，刚到有信号的地方，邓珠就接到弟弟木玛打来的电话，说尼马扎巴看到雪豹了，用卫星电话通知了他，要他不停地打电话联系我们。曾长立刻开车带我们赶过去，路程有近100千米，花了一个多小时。

尼马扎巴告诉我们，一只雪豹躲在五块石左下草地上的凹坑里，有几个小时了。有时候雪雀飞过去，它会动一动。去年8月份我们拍到4只雪豹在一起时，雪豹妈妈就在这个土坑里卧了很长时间。雪豹会重复在某些地方出没，逐渐了解这些特点后，我们搜寻的效率高了很多。

我们耐心等待着。一个多小时后，雪豹起身向右方走去。右上方有很多岩羊，但它没有直接向上走，而是向右下方，走到几乎垂直的红石陡壁上，离我们不到100米处，卧了下来。这是我早就期待它出现的地方！它在那里待了十几分钟，不时看看我们这些拍摄者，毫无惧意。卓玛脸上没有什么伤痕，应该是比较年轻的。我估计刚刚成年的3只雪豹是它的第一胎。倒推回去，应该是2019年初交配，年中产崽；卓玛应该是2015年中出生，现在6岁，正值盛年。

又过了十几分钟，卓玛起身向右上方走，越过一片草坡，消失在山坡后面。我们跟过去寻找，但再也没有发现它。这是雪豹的神奇之处，它能轻易摆脱人们的跟踪。一个原因是它走得很快，另一个是它们会刻意躲到人们看不见的地方，如一个石头缝里、一块大石头下面……

在近距离拍摄雪豹的二十几分钟时间里，最引人注目的是它的一对亮晶晶大眼睛，不时看向天空。是因为有鸟飞过吗？我不敢肯定。

当它把头放在地上闭眼休息的时候，很难被发现，就像一块石头在那里，丝毫不引人注目。它的耳朵相对身体比较小，隐蔽性也很好。同在这一区域生活的兔狲，耳朵也很小，而且长在头的两边，通常被认为是为了增强隐蔽性。它们躲在石头中的时候就不会因为耳朵露出来而暴露自己。当然，雪豹的小耳朵也可能不是对隐蔽需求的适应，而是对寒冷气候的适应，因为小耳朵可以避免热量的散失。

孩子们离去后的雪豹妈妈

"猎杀机器"　　　　　　　　　　　2021年5月

2021年5月25日　险情与援手

5月下旬,从天气预报看到石渠将有一个星期的雪。想到石渠县在整个冬天都没有下过一场像样的雪,我决定专程飞过去。

下飞机后,我和助手泽仁邓珠决定先去长沙贡玛自然保护区,不想车陷进软泥。开车路过的牧民尽力帮助我们,但他的"高原神车"五菱宏光,实在是没有办法拖出两吨多重的兰德酷路泽。不管怎样,我还是想给他200块钱,感谢他在荒郊野外施以援手,他死活不肯收。这里的人际关系就像几十年前我小时候,相互帮助是很自然的事。

我只好用卫星电话向另一位助手尼玛扎巴求救。这里离县城有100多千米,他开着越野车,一个多小时就到了。我记不清这是他第几次开车救我和吕玲珑老师了。经过相当艰苦的努力,我们的车才被解救出来。大家浑身都是稀泥,先到一条河中清洗了一下,然后去往雪豹点,赶到时天已经快黑了,结果还不错,我们看见一只雪豹在瞭望台上。

2021年5月26日　猎杀时刻

前一天晚上雪很大,山坡的上部积起了一层白。上午9点半到呷依雪豹点,9点56分邓珠发现了桥头路边不远处岩壁中的雪豹,是雪豹妈妈卓玛。岩羊在很低的地方。卓玛开始走动,我们一直跟着它。到下午1点06分,我们怕干扰到雪豹,决定离开一会儿,看它是否会下到更低处。

我们开车往沟深处走了几千米,然后掉头,不料再次把车陷在路边了。前些时候,我们在这里掉过无数次头,那是在冬季,地冻硬了。现在是五月,虽然还在下雪,但地面的冻土已经融化了。

我们尝试了一阵，车出不来。邓珠到桥头牧民帐篷里求助。男主人罗门上山放牦牛去了，他的妻子便用对讲机喊他下来。一个小时后，罗门终于开着他的小皮卡车回来了。这辆车肯定拖不动我们的越野车。邓珠怕耽误拍摄，提议我去跟着雪豹，他们留下，慢慢把车弄出来。于是，罗门开他的车把我和尼马扎巴送到最后看到卓玛的地方。它已经不在那里了，但尼马扎巴说他看见卓玛刚刚走进了山坡上一片灌木丛中，让我到对面守着。

　　等了十几分钟，没有卓玛的动静。我步行过去查看灌木丛附近一个十几米高的平台，依然无法看到雪豹，又赶忙回到相机旁边等候，生怕错过雪豹的猎杀瞬间。

　　半个多小时后，岩羊群像被施了魔法，排成一条线，从左向右，朝着雪豹藏身的灌木丛横扫过去，倒像是岩羊在搜索雪豹。一些岩羊走到灌木丛边吃草，既不前进，也不紧张，我相信雪豹就躲在不远的地方，岩羊却没有发现它。

　　我全神贯注盯着岩羊，几分钟如同永恒般漫长，我甚至有点怀疑卓玛是不是已经离开，反复挣扎着是该继续等，还是变换一下观察位置。岩羊群排成一排，屁股整整齐齐地对着我，让我决定先拍下这个场景。为了让景深大一点，我把相机快门速度从1/2500秒降到1/640秒，光圈从5.6变成13。

　　就在此时，16点14分24秒，猎杀突然发生：所有岩羊转身狂奔，一道白黄相间的影子腾跃而出——卓玛咬着一只岩羊跳到空中！卓玛咬着岩羊的喉咙，鲜血涌出，它们一起坠下陡坡；坠落的过程中，卓玛和岩羊分开，16点14分28秒，一起落到路边的地面上；卓玛用双前掌抓住岩羊，再次咬住它的喉咙，更多的鲜血流出，流淌在岩羊的大角上，岩羊已经一动不动了。从镜头中看，它们就像落到了我的脚边。16点14分32秒，卓玛抬头，看见了路上的我，16点14分34秒它松开口，翻身跳上山坡，跑到半山腰去了。

　　查看了照片上的时间，从白黄影子腾出，到卓玛跳上山坡，只有10秒的

飘雪天流石滩中,雪豹在守候旱獭

时间。下坠的过程非常快，我凭本能移动镜头，按下快门。由于距离只有约70米，又是840毫米的长焦距镜头，加上快门速度比较慢，有几张照片拍清楚了卓玛全神贯注的双眼，实在是幸运。

从高速连拍的照片中，可以清楚地看出雪豹尾巴的平衡作用：相机的连拍速度超过每秒20张，而在卓玛咬住岩羊下坠的过程中，只用了连续9张照片的时间，也就是不到0.5秒，就把尾巴从垂直向上转到了垂直向下，而头和身体的方向一点都没有变化。

这或许是世界上第一张近距离拍摄的雪豹捕猎照片。如果没有意外陷车，大概也无从拍到。雪豹一般不会在附近有人活动的情况下捕猎，因为在过去很长一段时间里，人类常常会抢走它的胜利果实。我的几位向导生活在雪豹最密集的地方，也从来没有见到过一次成功的雪豹捕猎。

岩羊尸体就在路边，卓玛则在山坡上200米左右的地方等着。我躲在隐蔽帐篷里面守候，其他人全部撤离，这样等了1小时，卓玛仍然不下来。于是我也撤掉帐篷，将车开走，40分钟后，卓玛下山进食。我们的车子开回来，它便再次跑回山上守望，直到我们晚上8点离开。

● **雪豹平衡能力和速度**

从照片可以看出雪豹的尾巴帮助身体平衡的明显作用。为了实现身体的稳定，首先要有良好的姿态感知能力，也就是平衡感。猫科动物都有杰出的平衡感，家猫可以在逗猫棒的引导下腾空而起，在空中翻转身体，最后还能稳稳用脚落地。猎豹以每小时100千米的速度追逐不停变向的瞪羚时，身体剧烈起伏，而头部稳定不动，目光

卓玛第一胎——拉姆和两个哥哥

惊心动魄的猎杀时刻

能紧紧锁住目标。要做到这一点，必须有优异的平衡感，如果头部剧烈晃动，自己都晕头转向，很难找到目标。

　　猫科动物和人类一样，是通过内耳（主要包括前庭和半规管）来感知和控制身体姿态，尤其是前庭。只是它们的内耳更发达。高速变化姿态的动物普遍有更大的内耳，这是一种自然规律。杰姬·希金斯（Jackie Higgins）在《感官奇迹：跨越物种的人类感知冒险之旅》（*What Animals Reveal About Our Senses*）一书中提到，科学家卡米尔·格罗赫（Camille Grohé）用CT扫描仪扫描了猎豹、老虎、云豹、渔猫、纹猫、非洲金猫、长尾虎猫、短尾猫、非洲野猫、美洲狮、细腰猫，以及驯化家猫等猫科动物的标本（不包括雪豹），发现猎豹的内耳中前庭部分比例特别高，达44%，而大多数猫科动物的前庭占内耳的比例为26%—36%。

　　在平衡能力惊人的猫科动物中，猎豹更是出类拔萃，因为它在捕猎时主要靠高速追逐，格外需要这一非凡的能力。在我看来，雪豹的平衡能力应该不输给猎豹。

　　雪豹捕猎时的速度同样惊人。曾长对我说过，近距离拍摄雪豹捕猎几乎不可能，因为它太快了，像一颗子弹射出去，很难抓住那个瞬间。我后来拍到过一次追逐场景，非常快，但追逐的时间很短。我猜测雪豹的短距离奔跑速度在猫科动物中仅次于猎豹。理由一是它们都能在开阔环境中捕猎，理由二是它们有最相似的利于奔跑的身体结构——十分接近的前肢桡骨和肱骨长度的比例，也就是小腿骨和大腿骨长度的比例，猎豹是1∶1，雪豹是0.94∶1，狮是0.91∶1，豹是0.85∶1，美洲豹是0.78∶1。基本上，小腿骨相对越长，跑得越快，雪豹的这一比例仅次于猎豹。

猎豹在稀树草原上捕猎，环境基本是平坦的，接近于二维；而雪豹在陡峭的山坡，甚至是悬崖峭壁上高速捕猎，它应对的是一个险恶的三维空间，一不小心就可能摔死。雪豹要适应这种环境，必须进化出杰出的平衡能力。希望有科学家来研究一下雪豹的内耳结构，或许会发现它是猫科动物中平衡能力的冠军。

● 雪豹的爪子和牙齿

卓玛在和岩羊一起下坠的过程中，用牙齿咬住岩羊的喉咙，前肢试图抱住岩羊，这时爪子完全伸出，非常明显。坠落到地上后，它终于抱住了岩羊的脖子，这时爪子完全扎入岩羊的皮毛中，看不见了。

爪子是猫科动物捕猎的重要工具。它们用前肢和爪子抓住猎物，用牙齿杀死猎物。

在休息的时候，猫科动物的爪子一般是收缩在皮毛保护套里的，伸出爪子是一种有意识的行为。爪子弯曲的形状是为了捕猎、打斗和标记领地。爪子非常有用，所以在不用的时候要好好保护。休息时，爪子由弹性韧带收回；行动时，爪子由伸肌腱和屈肌腱带动向前和向下。爪子只能承受往外拉的力，而不能承受往掌心推的力，这也是为什么绝大多数猫科动物上树容易下树困难，只能够跳下来。前爪通常用来抓住猎物，因为前爪上有悬趾，类似于我们的大拇指，在猫的身上，悬趾萎缩了，但还是具有抓住东西的作用；后爪通常用来抱猎物，或者抓住地面，以防止猎物逃脱。

卓玛在短短几秒就杀死了一只大公羊，是用锋利的牙齿咬破了岩羊的动脉血管，让它很快失血而亡。在下坠的过程中，爪子已经松开，而牙还咬住不放，这说明它的咬合力非常强大。猫科动物有28—30颗牙齿，不同品种有一点小差别，比如雪豹有30颗牙齿。有些猫科动物的臼齿和前臼齿已经消失，其结果就是形成了缩小了的牙齿系统，这使得它们不能咀嚼，而是把口中的食物整个吞下去。较少的牙齿的数量带来了较短的上下颌骨，这把咬合力集中在较少的表面上，从而增加了牙齿咬合力。

《雪豹》（*Snow Leopards*）一书中，科学家测试了各种大型猫科动物的咬合力（单位：牛顿）。

雪豹	363.0
虎	1234.3
狮子	1198.6
美洲豹	879.5
花豹	558.6
云豹	344.2
美洲狮	499.6

雪豹的咬合力是豹属动物中最小的，这可能因为它的体重在豹属动物中是最小的。大型猫科动物的牙齿都像一把锋利的扁厚匕首，但雪豹牙齿的横截面是最圆的，像一个有点弯曲的圆锥。我想这也是对捕猎环境的适应。在陡峭的环境中高速捕猎，前肢和爪子更难牢固控制住猎物，作用在犬齿上的侧向力更大，力的方向也会更多变，而圆形截面的牙齿有利于防止犬齿折断。

2021年5月27日

早上5点出发，7点到呷依。罗门告诉我，昨天我们一走，雪豹就下来了。岩羊被吃了一些，应该是一只雪豹独自进食的，雪豹妈妈卓玛已经和孩子们分开了。我们认为它就在附近，但从各个角度搜寻都没有找到。

我推测白天雪豹不会下来吃岩羊。于是9点多，我们转而去真达方向的垭口拍摄雪地里的盘羊。这一片区域雪很大，山坡上、公路边的地上都盖了一层厚厚的积雪。我们见到一群母盘羊和一群公羊，在拍摄期间，听到对面的山上有雪豹不断地叫，十几分钟过去，叫声依旧没有停。由于积雪，我们靠近不了山体。已经5月底了，雪豹的发情期已经过去，如果不是为了求偶，雪豹为什么要叫？

下午3点返回呷依，快到昨天猎杀的地点时，一辆车从对面过来，对我们闪车灯，我们不明白是什么意思，往前一看，大为震惊——昨日的岩羊已经被老鹰吃得只剩骨架，羊头不知去向，30米开外，路上又出现了一只被咬死的岩羊，老鹰正在进餐。

原来就在我们离开的几个小时里，雪豹又捕杀了一只大公岩羊。显然，早上雪豹就在附近，只是我们三人仔细搜寻一个多小时也没有发现它。我猜想是在我们走后,它想下到路边吃羊,但路上不时有来往车辆,阻碍了它的脚步。等待时,又来了一只岩羊,于是雪豹故技重演。也许它希望将岩羊留在山坡上,可以慢慢享用,但不想还是滚到路上了。现在它很可能已经离开了,因为雪豹在附近的话,老鹰不敢下来。我去山坡的低处转了一圈,没有雪豹的痕迹。爬上山坡容易,下来的时候觉得很危险。

我把雪豹猎杀成功的地方,叫作"捕猎小山脊"。

● **捕猎公羊**

我见到过十几次雪豹猎杀岩羊的场景,被猎杀的绝大部分是公岩羊,有一对大角。卢克·亨特(Luke Hunter)在《世界野生猫科动物》讲述雪豹的章节中提到,雪豹可以杀死体重120千克的猎物,且常以体形最大的成年雄性有蹄类动物为食。这是为什么?我觉得最可能的解释:一是公羊头上一对大角,让它的反应比母羊和小羊慢;二是公羊更大胆。

乔治·夏勒在《塞伦盖蒂的狮子:对捕食者和猎物关系的一项研究》(*The Serengeti Lion: A Study of Predator-Prey Relations*)中对非洲各种掠食动物和猎物之间的关系进行了比较详细的记录和描述。书中讲到,狮子明显喜欢捕杀成年公角马、公水牛。其他动物捕猎,也有类似的现象,比如猎豹会倾向于捕杀健壮的公黑斑羚,这或许是由于雌性动物通常会更加小心机警。

美国科学家拉里·斯洛博金(Larry B. Slobodkin)在他的论文《怎样做一个捕食者》

（How to Be a Predator）中提出，食肉动物的最佳长期生存策略是使被猎群体的数量保持在健康稳定的状态，通过只猎食已经完成繁殖任务的年老者和有缺陷的个体来优化猎物的群落。他认为猎食者进化出了自我约束力，这是通过基因的反复试错来形成的。也可用理查德·道金斯（Richard Dawkins）《自私的基因》（*The Selfish Gene*）中的理论来解释这个现象。对基因的复制而言，老公羊的价值是最低的，它们也不为哺育后代做其他贡献。也许自己代替母羊或小羊被雪豹吃掉，就是它为基因传承所做出的贡献。

大自然是奇妙的，千百万年进化形成了最优的安排。青藏高原的岩羊并不是非常多，假设雪豹专捕母羊或小羊，岩羊的种群会不断变小，最终羊群没有了，雪豹或它们的后代也会因没有食物而灭亡。

我一共观察到三次雪豹猎杀了母岩羊的情况，两次是刚刚成年的雪豹所为，一次是母雪豹带着三只幼崽。我猜测，这是它们刚刚开始独立生活，捕猎技巧还不成熟，或饥不择食的缘故。那么母岩羊最终都到哪里去了？除了自然死亡外，更有可能是被狼猎杀，因为狼是靠长距离追逐捕猎，对它们而言母羊和小羊会相对容易追杀。

独居的意义：兄妹分别，母女重逢　　　　2021年6月

2021年6月11日

这是今年第5次到石渠，已经上瘾了，回来几个星期心里就发痒。这次准备住在雪豹点，更好观察早晚的情况。前两天雪豹卓玛都在，位置比较高。

2021年6月12日

在县城吃了早中饭，邓珠和尼马扎巴各开一辆车去呷依。尼马扎巴的车上装了很多在呷依搭帐篷住需要的东西，有柴油发电机、柴油桶、两个高压锅、煤气罐、车载冰箱、小桌子、小马扎、垫子、被子、净水器……他们已经把一个大概有20平方米的迷彩军用帐篷提前运过去了。我们把帐篷搭在河边的雪豹观察点，取水很方便。

2021年6月13日　**意外来客：狼和熊的"骚扰"**

早上6点多起床，先开车出去转了一个多小时，没有见到动物。回来吃蛋炒饭，又小睡了一会儿，整个山谷很安静。11点多，我们坐在帐篷前的小马扎上，一边聊天一边不时观望山坡。11点46分，邓珠平静地说，雪豹在那儿。我说真的？他说就在老地方，正对帐篷的五块石上，我们曾经在这里拍到4只雪豹。雪豹卓玛正看着我们，周围有很多岩羊，卓玛四处观望，偶尔挪一点点位置，大部分时间睡觉。

下午4点47分，卓玛潜入石头堆中，岩羊应该看不见它了。下午4点57分，卓玛躲在五块石第二排中间的石头堆里，透过一条缝隙观察十几米外一小群岩羊。岩羊继续往雪豹方向走了两米，就停止不前了。在那里吃了20分钟草后，岩羊向反方向走开，它们肯定是闻到了雪豹的味道，岩羊的嗅觉应

该是很敏锐的。卓玛始终没有摆出攻击的姿势。也许是岩羊群还不够近，而且都是母羊。

下午6点04分，见岩羊走开，卓玛穿过石头缝，来到岩石堆中低一点的位置，开始观察下面的旱獭。下午6点27分，依然没有捕猎的希望，它起身到五块石右上的石头下做标记，做完标记后，便沿着大石头的底部向右上方的岩羊靠近。下午6点28分02秒，它离最近的岩羊只有2米远，但处于下方一个身位的位置，岩羊头对着它，但没有看见它。下午6点28分09秒，天上一个炸雷，岩羊突然翻身飞奔，应该看见雪豹了，而雪豹也同时回头向左下，冲进石堆后面不见了。

这一幕结束不久，我们从五块石的左边往沟深处走了一千多米，看见山顶附近降下了很多老鹰，我们仔细观察也没有发现雪豹。

晚上9点左右，住在附近的牧民罗门冒着大雨骑摩托车来告诉我们，昨天晚上有熊去这条沟最深处的牧民帐篷里找吃的东西，把人都吓跑了。他让我们小心，要我们一直把发电机开着。我们觉得没有必要，车就停在帐篷边上，一按遥控器，就能发出尖锐的声音。

凌晨2点，我被窸窸窣窣的声音吵醒，用手机的手电照了一会儿，估计是帐篷外的什么动物。白天，我们发现晚上狼来过，在以前牧民留下的炉灰堆上留下了脚印。

2021年6月14日

6点起床，天气多云间晴。尼玛扎巴和客人不到7点就到了，同他说起熊和狼的事，他建议小心为妙，晚上最好把手电筒闪灯模式开着。

早餐后，我和邓珠开车出去转，拍到路边的兔子，还拍到两只狼试图攻击牧牛群中的幼犊，没有得手。大牛群起反击，很快狗和牧民都来了，撵走了狼。

伏击捕猎

在帐篷前等雪豹，雪豹到中午也没出来。下午2点多钟，邓珠喊我，说昨天老鹰降落的地方还有十几只兀鹫，让我飞无人机上去看看。无人机升空，很容易就找到兀鹫停留的地方，四周没有看见羊和雪豹，兀鹫见到无人机就飞了起来，在天空盘旋，无人机一走，它们又降了下来。大家觉得那附近肯定有食物，但就是找不到雪豹或者死岩羊。

邓珠开车送尼玛扎巴回帐篷点，我继续用单筒望远镜观察，忽然在兀鹫的右边看到了一只雪豹，静静卧在流石滩中。这是一个惊喜，可能雪豹一直藏在人看不见的地方，也可能是无人机让它移动了位置，让我看到了它。

这是我第三次自己发现雪豹，再飞无人机上去拍了一下，查看照片，仔细比对发现拍到的是卓玛的孩子之一。卓玛一天没有露面，不知道是去什么地方了。

吃过面片做的晚饭，我就把手电筒开到慢闪模式，一晚上都没停。熊实在是让人担心。

2021年6月15日　兄妹分享猎物

早上6点30分起床，天气比较好，马上去看昨天拍到雪豹的地方，发现3只雪豹崽都在那里，它们猎杀了两只羊，相距不超过100米。

有一只雪豹起来活动，向山下走，躲到一块大石头后面不见了。另外两只各守着一只羊吃，它们应该是两个雪豹哥哥，刚刚让妹妹分享了猎物。

2021年6月16日　注定离别的相逢

再到昨天雪豹吃岩羊的老地方，有两只雪豹在，一只守着羊吃，一只在旁边。感觉都吃得非常饱了。其中一只看到我们，开始慢慢往左下方走，中途在一块大石头边上翘起尾巴做标记，之后走入了黑色岩石堆，只偶尔露一点身体出来。另一只还守在岩羊身边，已经吃不动了，又舍不得放弃。太阳升起来，阳光很强烈，它走到了旁边不远处岩石堆中的阴凉处。

哥哥守着猎物,等待与妹妹分享

雪豹一离开，乌鸦就下来吃岩羊；雪豹冲出来驱赶，乌鸦就飞到旁边；雪豹一走开，乌鸦又回来，这样反复多次。雪豹一直张着嘴喘气，猜测它吃得太胀了，很口渴、很热。

11点多，我让邓珠和尼玛扎巴回去查看帐篷附近的情况。他们一走，雪豹好像终于忍不住，向左下方走，和上一只雪豹的路线一样，但在中途停了下来，回头看见自己的猎物正被十几只兀鹫撕扯，又慢慢走回去，赶走这些食腐动物。这回它不跑了，只是慢慢走过去，在已经没有什么肉的岩羊尸体前站了足足两分钟，然后朝右上方慢慢走，再也没有回头，径直走进两块石头下面的一个缝隙，不见了。我估计它要在那里睡很久。

三兄妹中的一只，两天都没见到了。从捕猎和进食的情况看，兄弟兄妹之间的关系并不如以前亲密了。邓珠已经见到其中一只守着岩羊的雪豹，拒绝了另一只雪豹共同进食的行为，这预示着它们不久也会分开了，毕竟雪豹是独居动物。小雪豹们已经很独立，要单独标记自己的领地了，它们兄妹仨，不可能都留在这里。按猫科动物的习性，刚成年的雄性要离开妈妈的领地，事实也是如此。这是我最后一次见到卓玛的两个儿子。

成年的公雪豹，必须离开母亲的领地。一是避免近亲繁殖；二是为家族探索其他适合生存的环境，延续和传播基因。雪豹的扩散距离可达数百上千千米。不过，探索未知的远方，是充满挑战和危险的，基本上就是游走在生死的边缘。在这方面，野生动物没有前辈积累下的知识和经验传承，多数时候是在碰运气，在今天这个大部分栖息地被人类占据的情况下，更是凶多吉少。

这个雪豹点的周边很大范围不适合雪豹居住。东面是乡镇，人烟相对密集；西面翻过垭口后逐渐变得平缓；南北两边虽然有山，但也比较平缓，没有岩羊。卓玛的儿子们离开这里，如果幸运地在远方发现了其他合适的领地，也很难再回到原点。

当然，雄性雪豹出去冒险也是很有价值的。著名进化论学者理查德·道金斯在他的《你想飞吗，像鸟一样？》（*Flights of Fancy: Defying Gravity by Design and Evolution*）中讲，科学家发现一个普遍规律：一种动物或植物，如果设法至少将它的一部分子代送到远方，那么从长久来看，它传下的基因将超过将所有子代都留在亲代身边的对手，即便"故乡"（目前）是世界上最好的地方，而"远方"通常情况比较糟糕。

晨光里，雪豹妹妹单独进行了领地标记，这是兄妹分离的前奏

2021年6月16日　**笨拙的妹妹拉姆**

下午5点半,尼马扎巴发现了雪豹妹妹,在五块石左边流石滩山脊附近一大群羊的对面。一会儿就不见了,它应该是埋伏着等岩羊群过去。

和上次猎杀的情形很相似,几百只岩羊排成一条直线,从山坡下部延伸到山坡上部。但这次岩羊没有向雪豹的方向移动,很多卧在地上,有些在吃草。

这时候天下起了大雨,我和邓珠在帐篷里对着雪豹拍,尼马扎巴在车上拍。

大雨很快停息,雪豹已离岩羊群很近。雪豹潜伏在花草丛中,只露出一点背部。过了十几分钟,雪豹露出头来,然后身子也露出来,好像马上要发动攻击了,但岩羊群看见了它。雪豹起身向山坡上走,岩羊群排成一线向山坡下奔跑。岩羊都跑得很远了,雪豹才向下快速追了一段,然后缓缓朝五块石方向走去。这应该就是雪豹妹妹,卓玛的女儿,我给它起名"拉姆",是藏语中"仙女"的意思。

它的捕猎技巧还很生疏,这样追逐岩羊毫无希望。猫科动物有捕猎的本能,但要成为一名真正的猎手,需要经历漫长的学习和练习。拉姆现在应该已经满两岁了,看来还没有熟练掌握捕获岩羊这种主要食物的能力。

● **遇到危险,岩羊排成一条线**

当岩羊感觉到掠食者的存在和威胁,但又不知道它们的具体位置,往往会排成一条线,这并不是偶然现象。岩羊是群居动物,得益于"多眼效应",它们待在一起会更容易发现捕猎者;而且落单的更容易遭到猎杀,如狼这样的捕猎者,总是先从羊群中分离一只出来,再追杀。这里还有一个概率因素:大家待在一起,总有一个要被猎杀,但存活的概率也会相应增加。当遇到不明的威胁,每个个体都希望有最好的视野,它们还

卓玛第一胎——拉姆和两个哥哥

拉姆在草坡上试图追逐猎物

岩羊排成一线,与捕食者对峙

> 需要不停地移动,在这些条件的约束下,羊群自然会排成一条线。我想可以为这个模式建立一个数学模型来描述,就类似控制无人机群飞行的模型。在非洲大草原上,食草动物遇到狮子等,也常常这样排成单列。

下午7点多,罗门家的小男孩跑来告诉我们,他们家对面的山坡低处有一只雪豹。罗门家的帐篷就在几百米远的桥头斜上方,我们开车过去,他们一家几口都在看着山坡。

雪豹卓玛出现在河对岸的山坡上,离我们90多米远,刚刚吃完什么东西,可能是高原兔,也可能是鼠兔。它注视了我们一会儿,起身向下走了一小段,来到一片红色的岩石旁,喷射出一种液体——可以从照片中清晰地看到,雪豹的臀部离岩石很近,透明的液体呈扇形喷到岩石上。这种液体可能是尿液,也可能是腺体分泌的"嗅迹"。

马鸣在《红外拍摄日记》中提到雪豹在石头上喷射"嗅迹"做标记的行为,他说"嗅迹是一种油性的挥发性物质,有点像尿一样喷射在岩石上,但它不是尿"。之后它起身用头磨蹭岩石。这是两种典型的领地标记行为,经常同时出现。

卓玛卧在草地上看向我们,罗门家的狗冲着它狂叫。几分钟后,卓玛移动到红石岩的顶上,在那里向五块石方向观望,刚才雪豹拉姆在那里追赶过岩羊。卓玛张嘴号叫,由于河水声很大,我听不见叫的声音,它叫了很多次,对着小雪豹追赶岩羊的方向。

等了半小时多,雪豹在那里不动,我飞无人机上去,想看看是不是卓玛捕获了猎物,在呼唤孩子来吃。不料一飞无人机,把罗门家的牦牛吓得四处乱跑,搞得我很不好意思。食草动物都怕无人机,因为它们怕金雕等天上的杀手。雪豹不怕无人机，继续趴了一阵子，慢慢起身沿着红石岩壁行走。十多分钟后，另一只雪豹出现在画面里，是刚才追赶岩羊的拉姆。它们在岩壁上碰头、蹭脸、相互拍打。

● 领地标记

喷尿液（或"嗅迹"）是雪豹最常见的领地标记行为，也是很高效的领地行为，可以同时传递多重信息：（1）空间信息，即领地的边界。（2）个体信息，是谁的领地。（3）时间信息，液体是会随时间挥发的，所以可以分辨出其他雪豹什么时候来过。（4）具体信息，平时可能是警告信息，求偶的时候就是邀请信息。

时间信息很重要，好的领地往往不是独占的，如猎物多的地方。有了时间信息，就可以轮流使用领地而不发生冲突。就像人类的餐厅，特别是有名的好馆子，是经常翻台的，订座时会告诉你空出的时间。

标记领地的目的就是避免冲突。雪豹这样的掠食动物都有很强的攻击性，这对物种来说有生存价值，但也可能造成同种间的伤害。标记出领地，可以避免相遇，减小同种相害的风险。

另一种常见行为是刨坑。刨坑时雪豹前腿直立不动，后腿弯曲，轮流用后腿爪子向后刨地上的土，形成一个浅平的、和雪豹身体差不多宽的痕迹。2019年我开始尝试用无人机拍雪豹，有一次飞到空中后失去了目标，正在犹豫之际，雪豹径直走进无人机视野，停下来开始刨坑。那里不

岩顶吼叫

雪豹一家：卓玛王朝

尿液标记

是惯常的领地标记点，它为什么要走过来刨坑呢？或许是因为它视无人机为一种陌生的入侵，就用刨坑的方式宣示领地，或表示威胁。

雪豹还有一种典型的领地标记行为，就是靠后腿站立起来，前脚向上伸出，搭在一米多高突出的石头上，嗅闻、磨蹭石头的突出部位。猫科动物头部有腺体，通过磨蹭可以把味道信息留在岩石上，同时往往会留下毛发。这个动作有时伴随尿液喷射，有时伴随刨坑。

我们从来没有见过一岁以下的雪豹喷射尿液，但常见它们磨蹭头部。磨蹭头部除标记以外，可能还有其他功能，也许是清洁面部。雪豹喜欢用舌头舔身体的各个部位进行清洁，但无法舔到自己的面部。雪豹之间，如母子，互相舔舐面部是常见的。

雪豹的标记点是相当固定的，就像人类的信息公告牌。这些标记点又有固定地方，如大石头、大树。

2021年6月16日　亲爱的女儿，这是妈妈的领地，你必须离开

天色已暗，母女俩亲热一阵后，妈妈卓玛向山坡下走，女儿拉姆紧紧跟随，但妈妈似乎并不希望女儿跟着它。来到一个小平台，妈妈对女儿做出威胁的动作，女儿趴在岩石上不动，不解地看着妈妈。妈妈走到岩石的下边，喷射液体标记，然后向山坡右上方走去。女儿拉姆看着它，再没有跟随，掉头向反方向走去。

刚才卓玛喷射标记的方式好像是告诉拉姆：亲爱的女儿，这是妈妈的领地，你必须离开。

现在我认为，卓玛的叫声是在告诉女儿不要靠近它的领地。它号叫时鼻子皱得很厉害，和龇牙威胁时的皱鼻子差不多，这是典型的防御威胁性表情。而正常求偶号叫时，鼻子是没有皱起的。卓玛发出威胁性的号叫，但是雪豹的语言能力较差，不能传达具体的含义，女儿拉姆听到，还以为妈妈在喊它过去。毕竟在它小时候，妈妈的叫声一定是呼唤它过去的。我在昂赛大猫谷的向导才仁尼玛可以很好地模仿雪豹的叫声，有一次他叫了几声，就把一只正在发情的雪豹唤下了山坡。这也从侧面说明雪豹叫声传递的信息很有限。

后来我们得知，那时的卓玛已经再次怀孕了，即将产崽，而且产崽的洞穴就在附近。它不希望任何其他雪豹——包括自己已成年的女儿——出现在附近。雪豹母亲肯定是无比挂念它的孩子们的，尤其相对弱小的女儿，但现在它不得不让女儿离开，自己去闯世界。

● **独居动物**

雪豹是独居猫科动物，绝大部分时候，它们茕茕孑立，形影相吊，像幽灵般活动在广袤的高原。猫科动物，除狮子之外，基本上都是独居的。本质上说，独居的方式更有利于它们的生存，它们有能力单独对付需要捕捉的猎物，单独行动对伏击和偷袭方式的捕猎更有利，不用分享有限的食物，等等，都是独居的好处。

为什么非洲的狮子会进化成群居动物，有人说是因为非洲大草原上有丰富的猎物，可以支持狮子形成大的群体，个体能享受到群居的好处，

磨蹭头部标记

雪豹卓玛在女儿面前做标记,仿佛在说"亲爱的女儿,这是妈妈的领地,你必须离开"

例如更好地在空旷的大草原上守护得到的猎物，保护幼崽，等等。

对各种猫科动物而言，不是在绝对的独居或群居中选择其一，而是处于群居端和独居端之间的某个位置。大猫中群居端是狮子，独居端是花豹，其他的在中间，有一些具有社会行为，社会行为是指为除交配和育幼之外的两只或多只个体的互动行为。掠食动物的行为是由环境决定的，特别是食物的特质和数量。

雪豹可以说是独居的，但也有相当的社会行为。在以后的日子里，我们观察记录到相当多而且持续的雪豹社会行为，包括多只雪豹分享食物，不同胎的姐妹结伴活动，公豹在非交配期和母豹一起活动等。这些行为应该是这里独特的栖息环境决定的，比如：岩羊很多（上千只），足以养活较多数量的雪豹；环境封闭，不利于雪豹迁出或迁入；雪豹之间有亲缘关系或相对熟悉。

2021年6月17日　夏日家园

住在野外，到处都能见到野生动物。早上起来发现床上有只小青蛙，其实它昨天晚上就在帐篷里，把它弄出去了，怎么又进来了。一只小老鼠也在帐篷里窜，不是我们很讨厌的那种，比较可爱。我的一袋葡萄干不见了，大家怀疑是被什么动物弄走了。

前天来了一条流浪狗，尼马扎巴把剩下的饭菜给它吃，它就在我们帐篷边上不走了，帮我们看护帐篷，见到生人靠近就狂叫，如果晚上有其他动物来，它也可以给报警。

清晨就看见一只雪豹出现在山顶上，钻进石头堆里睡了，大家便一起在帐篷边上守着它。白天来了三个喇嘛，其中一个是最早在这里拍到雪豹视频的。有一次他骑摩托经过，碰到一只雪豹在我们帐篷右边的桥上睡觉。雪豹见到人来也不怕，不走，还翻身打滚，离他只有十几米远。喇嘛很害怕，扔石头把它赶走了。

12点了，雪豹还在石头堆里睡觉。我们吃午饭，非常丰盛，炒的青菜是尼马扎巴自己家种的，还有牦牛肚、麻辣口水鸡、酸萝卜炖鸭……不过，我还是更希望雪豹给我一顿视觉大餐。

中午小睡了一会儿，尼马扎巴叫醒我，说几只岩羊走到雪豹附近了。我们拿起相机过去，卓玛还趴在石头堆里睡觉。过了十几分钟，它可能听到岩羊的动静，抬起头来看，这时岩羊看见了它，转身跑开，翻到山脊另一面不见了。卓玛见此，又躺平睡觉，一只脚斜翘向空中。

下午5点左右，雪豹起身沿着山脊向右下方走动，路过一堆红色的大岩石，四周是青翠的草地，它在那里做标记，然后张开嘴号叫。河水流淌声很大，我们听不见它的声音，但可以肯定它在叫，应该还是警告它已经成年的孩子，让它们离开。

2021年6月19日　是谁在我的地盘上？

此行最后一天。6点就醒了，晚上睡得很好。期待再见到雪豹，完美收官。开车往昨天见雪豹的方向，刚到罗门家门口，女主人就告诉我她已经看到雪豹了。雪豹在山坡上500米远的一个土坑里面，于是我盯着它，一直到下午5点多，雪豹只移动了很少的距离，大部分时间在睡觉，看不见。

下午6点多，见雪豹还不动，邓珠开始播放从网上下载的雪豹叫声。它抬起头来看看，又卧下睡，一会儿又抬起上半身看，但始终没有站起来。傍晚7点半左右，我让邓珠开车去收拾东西，也许雪豹因为车在而不动。果

红石上的雪豹

然，车一走，雪豹就起身向右走去，很快就消失在山背后，由于角度的原因，我不知道它是下到沟壑里了，还是走向远处了。等了一阵，它没有从沟槽中出来，我用对讲机把邓珠喊回来，再跟过去，已经找不到它了。

这只雪豹睡了13个小时，这是我自己观察记录到的、在同一地点的雪豹睡眠时长。

这时候，远处罗门家的小男孩向我们跑来，猛招手。他们肯定发现雪豹了。小男孩说，雪豹下到河边了。我们赶到那里时，小男孩的妈妈和姐姐在离河边很近的地方，雪豹正从河边往山坡上走。

雪豹在河对面30米高处山坡上漂亮的红石头中停下来了，卧在那里看着我们，一副迷茫的表情。我一点点接近、拍摄，我走到河边它也不动，最近的时候离我约45米远。

我在想，雪豹明明是向右方走了，怎么会出现在左边的河边呢？小男孩告诉我们，这只雪豹是从左面很高的流石滩跑下来的。仔细看了照片，这只雪豹是卓玛，我们跟了一天的雪豹并不是它，可能是一只日后被我们取名"达瓦"的公雪豹。

卓玛应该是听到我们刚才放的雪豹的声音，以为是其他雪豹来到它的领地。从左面山坡上下来，结果看到我们几个，很迷茫。它可能心里在问谁在这里叫？看到这幅照片，我心里多少有点愧疚。

● **雪豹的睡眠**

猫科动物只需要很短的进食时间，因为它们的食物能量非常丰富。但是，为补偿寻找和捕捉猎物的消耗，它们需要很长的休息时间。有些猫科动物一天睡16个小时。小型猫科动物通常休息时间少一些，因为它们在其他掠食动物的食谱

卓玛第一胎——拉姆和两个哥哥

红色苔藓石头上的卓玛，表情迷茫

睡觉的雪豹

上，需要随时保持警惕。大猫，它们少有天敌，可以放松地躺在地上睡觉；当它们被晒热了，会翻过来背着地，让一只或者几只脚伸向天空；它们也可以像狮身人面像那样坐着，后腿折在身体的下面，前腿折叠或者向前伸。而小猫倾向于爬上树或者在岩石中、洞穴里休息，它们需要安全的环境，保护自己不受其他掠食者的攻击。有些大型猫科动物能够爬树，并躺在树枝上，让一只腿或者多只腿悬吊在空中。这在花豹中最常见。

卓玛第二胎　　独生女梅朵

梅朵降生　　　　　　　　　　　　　2021年11月

2021年11月4日　　**购置房车**

　　10月23日尼马扎巴来电话，说他看到雪豹卓玛带着一只幼崽出来了。工作上的原因，我没能立即赶过去，错过了一个好机会。雪豹妈妈猎杀了羊，拉到河边，吃了3天。这时候幼崽还很小，咬不动岩羊的肌肉，尼马扎巴看见它咬下一截岩羊的舌头吃掉了，还吃了岩羊的内脏。尼马扎巴和一位客人近距离地拍到了雪中的雪豹母子。

　　疫情的消息此起彼伏，给旅行安排带来很多不确定性。原计划11月4日飞玉树，现在坐飞机去玉树要有48小时内的报告，昨天晚上去做了核酸检测。

　　早上收到东航短信，说到玉树要隔离14天；打玉树机场咨询电话，回答是机场没有这个要求，又打电话给邓珠和尼马扎巴，他们去了解情况，也说是没有问题。

　　上午10点出发去天府机场，总体顺利。机场人很多，并没预想中的冷清。快登机了，邓珠来电话，他被拦在玉树高速收费站了，进玉树要有核酸报告，他安排朋友降拥尼玛来机场接我。下午2点半我到达玉树机场，出机场查验了5个码：信用青海、通信大数据行程卡、疫情风险等级查询、入境同乘接触者查询、新冠核酸检测查询。

　　出机场见到降拥尼玛，他是在玉树做虫草生意的，2021年的虫草生意比过去一年好一些。他送我到高速公路收费站，邓珠在那里等我。我下车后他马上掉头回去，就被拦住了，要求就地做核酸检测，并且要在那里等6个小时才能有结果。

　　邓珠的车到了歇武，接上尼马扎巴，他因为刚从成都回来，健康码和长期在石渠的不一样，有星号，高速都没让上，在那里等了我们几个小时。

上次住帐篷，熊袭击了旁边的牧民帐篷，的确不安全，而且帐篷的搭建、拆除和运输都不方便，尼马扎巴提议买辆房车，我觉得这是个好主意，马上提供一些资金让他买了一辆拖挂式越野房车，可以住3个人。这次我们住房车。

2021年11月5日

早上8点出发，我和邓珠开车先走，尼马扎巴拖着房车慢慢来，山路崎岖，不能急。

一路上没有碰到什么动物，雪豹出没的山谷沟深处积着雪，没有大型动物的痕迹。回到河边雪豹观察点等待，中间搬石头把损坏的水泥涵洞桥修补了一下，以便房车通过。

将近下午5点，尼马扎巴才到，把房车放置好，已经天黑了。晚上不到9点就睡觉，睡得还好，也不觉得冷。

2021年11月7日 **初识梅朵**

上午7点半起床，尼马扎巴做汤饭。整个上午没有见到雪豹，但感觉岩羊被追撵过。中午出去打电话，我住的小区又被封闭隔离了，玉树和成都之间的航班也取消了。

下午快5点，尼马扎巴发现雪豹母女，距离应该有500米以上。母女在山石中玩耍很久，很活跃。傍晚7点多，它们来到草坪上玩耍，母豹向山下的一群岩羊走去，在一个土沟边上盯住下面的岩羊，十几分钟一动不动，小雪豹在旁边也一动不动，看着妈妈。天几乎全黑了，我们希望它捕猎成功。

这是我第一次见到卓玛带第二胎，后来我们给小雪豹取了名字"梅朵"，是藏语"花儿"的意思。

卓玛第二胎——独生女梅朵

初见卓玛和梅朵 尼马扎巴摄

2021年11月9日

第6天，天一亮就出去。雪豹母女在山最高处的流石滩中行走，500米以外。一会儿雪豹就不见了，估计进入乱石堆中睡觉了。没关系，只要能发现它们的行踪就好了。

2021年11月10日 成为猎手的拉姆

中午饭后小睡片刻，下午2点多起床，邓珠和尼马扎巴都出去找雪豹了。邓珠在河边的雪豹观察点，尼马扎巴开车往沟外去了。阳光很好，我坐在野营车外面的小椅子上晒太阳。

不一会儿，看见尼马扎巴的车慢慢往回开，边走边观察，回到野营车边，车掉了个头停下来。我正等尼马扎巴下车，他突然按起喇叭，叫我快上车，沟里面有牧民发现了雪豹。我立即上车，发现邓珠的车也不在了。往沟里开了约1千米，看到邓珠的车停在路边的草滩上，罗门的两个儿子已经对着山上架起了相机。

过去问情况，说是雪豹杀了一只羊，正被几十只老鹰围抢，雪豹就守在旁边几十米外的一个大石堆上。

这个场景让我大感不解，雪豹竟然看着老鹰吃自己的猎物却不下来驱赶。可能是看见路边的人和车，它走几步，又停下来，这样持续了好久。我让尼马扎巴把车开走，半个小时后雪豹才跑到死羊边上，看了一下就走开了——羊已经被老鹰吃得精光。它缓缓走上山坡，看了一会儿远处的岩羊，最后回到大石头堆里，做了标记，在石头堆的右侧睡觉。雪豹吃饱了都是要大睡一觉的。我飞无人机上去，很容易就发现了它，它起先还看看无人机，后来就继续躺下休息。

邓珠问罗门的儿子：怎么发现雪豹的？原来是他们的妈妈看到有很多老鹰飞过去，就让哥俩去看看。他们带着相机和三脚架过去，看到了岩羊和旁边停着的老鹰,但没有看见雪豹;两兄弟爬上山坡,快到岩羊边时,发现一只雪豹走向大石头堆。他们查看了岩羊离开后,老鹰马上下来吃大餐。可能是由于两位小朋友上去的缘故,雪豹不下来了。在呷依,过去牧民见到这种情况总是把死岩羊拿走,所以雪豹见人来过,一般不会再回来。这和昂赛的情况区别很大。在昂赛,会走到雪豹猎物(岩羊、牦牛)近旁的多半是前来勘察的保护区工作人员,不会把猎物带走,所以那里的雪豹一般不会走远,等人走开,它们就会回来继续吃。

邓珠回想起早上搜寻这片区域的时候,看见一只胡兀鹫和一只高山兀鹫停在那块大石头上,我也看见一个很白的东西停在右边石头尖上。我们当时没有多想,其实那时雪豹已经捕猎成功,正在下面的草坡上进食。我还看到一只藏獒走下山坡,觉得有点奇怪,但没有多想也没有停下好好看看。

这只雪豹是卓玛第一胎中的女儿拉姆,它已经学会捕猎岩羊了,真让我们高兴。

晚上罗门来坐了坐,送牦牛肉包子来。我们劝他充分利用旅游资源,培养孩子的专长,比如送最小的儿子(7岁)上学,让两个大一点的男孩子(13岁和15岁)学点汉语,学找雪豹,学照相,将来可以当导游,大女儿(18岁)将来可以做饭招待游客。当然,还聊了野生动物的情况。在呷依乡,雪豹几乎没有吃过牦牛。以前这片山坡的岩羊30只左右一群,现在上百只一群,总数600只以上,数量增长了很多。大概2005年,呷依乡开始登记持枪证,一年后收枪。这里的大活佛十多年前说不穿动物皮,也起了保护动物的重要作用。

罗门约我们过几天到他家做客,他需要准备一下。

2021年11月17日

第14天,早上没有雪豹的动静,我们到罗门家做客。他们一家六口人住

拉姆学会了捕猎岩羊

在一个30平方米左右的白色帐篷里，有4张椅子床，罗门特意出去买了一张条桌，上面摆满了吃的，有风干牦牛肉、油炸面果子，还有几瓶脉动，因为罗门看到我一直在喝这种饮料。

他们先给我们倒奶茶和开水（我喝开水），然后上刚煮熟的牛肉，先是给邓珠和尼马扎巴一大盆，十几分钟后给我一小盆，是煮得更熟更软一些的。用刀切下吃了几块，蘸野葱末和盐，味道不错，就是依然太硬了，嚼起来费劲。又给我们吃人参果，很甜，邓珠他们加酥油或酸奶，我要加牛奶，主人就把今天刚刚挤出的鲜牛奶用纱布过滤一下，烧开，加到人参果中。吃了一纸碗，有营养又好吃，我真喜欢，中午不用吃饭了。给他们一家拍了不少照片，合了影。

中午开车十几千米到有信号的地方打电话。玉树到成都的航班还没有恢复，只好订21日四川航空甘孜格萨尔机场飞成都的航班。格萨尔机场离石渠260千米，一路测速点多，要开车近4个小时。

后面几天都看到了雪豹，只是距离很远。雪豹看起来像是想捕猎，但一直没成功。

2021年11月21日

早上7点从县城出发，10点40分到达甘孜格萨尔机场，11点40分起飞，12点40分到成都天府国际机场。这次一共出来18天，在野外住了16个晚上，是迄今为止最长的一次。

神秘的第三只雪豹　　　　　　　　2022年2月—4月

　　2022年1月中旬，春节前，工作上的事情不多，又去了呷依几天，希望拍到比较近的雪豹母女。

　　但是，罗门说他们已经快10天没有看见雪豹了。我们找了几天，确实没有一点雪豹的踪迹，可能它们都去河对岸的下游雪豹点了。河边雪豹点的草地已经被岩羊和牦牛反复啃食过，而且山脚下的河水完全冰冻，岩羊无法喝水，有一大群岩羊迁去了下游雪豹点的山谷。况且这里靠近道路和牧民，雪豹妈妈带着小崽，会尽量远离人类。这是我第一次在这里长时间没有见到雪豹。

2022年2月5日

　　大年初五，我和曾长到昂赛大猫谷，住在昂赛最好的雪豹向导才仁尼玛家里。昂赛这几天下很大的雪，天天都有雪豹猎杀岩羊、猎杀牦牛，雪豹喜欢在下雪天捕猎，可能是下雪时能见度低，不易被猎物发现，方便捕猎。

2022年2月9日

　　下午我们一行人还在昂赛的高山上等雪豹，尼玛扎巴来电话，说雪豹卓玛带着小雪豹出现了，杀了两只羊，妈妈和小崽各吃一只，小雪豹梅朵的那只岩羊落在路边的石壁上，很近。罗门估计雪豹这两天不会走。

　　我们当即决定赶过去。大家一起下山，下午3点到才仁尼玛家，吃饭、收拾东西，把才仁尼玛的备用油桶中的油加了30升到车里，这样我们不用回杂多县城加油，可以直奔呷依。下午4点道别离开，晚上8点多到玉树住下，由于下雪，没有继续赶路。

雪中母女

雪中岩壁上的梅朵

2022年2月10日

早上8点出发,一路上几乎没遇到积雪路段,10点就到达呷依河边雪豹点。

罗门在桥头雪地里守着一台相机,见我们到来,把雪豹妈妈卓玛指给我们看,它在300米外的坡上,斜向下,背对着我们睡觉。小雪豹在路边不远的一个石头洞里。尼马扎巴2021年10月23日第一次见到卓玛和梅朵母女时,它们就躲在里面。一只死岩羊在洞左垂直岩壁的下半部,离地面15米左右,是一只大公羊,红红的肉露在外面。看来雪豹经常光顾这个洞穴。

架起相机在路上拍了几张照片,这是我的习惯,不论远近,我都拍上几张,作为见到雪豹的位置和时间记录。然后我们开始在河边搭帐篷,计划躲在里面等小雪豹出来。突然,一阵大风吹倒了相机,罗门和他的儿子土登奔过去,我远远着见罗门拾起短短粗粗的一段东西,便知道镜头摔断了。过去一看,价值10万元人民币的600毫米镜头从中间断开,修好估计要花几万元。

付出如此沉重的代价,让我突然意识到,这条山谷的风有时候非常大,感觉把牧民的帐篷都要掀翻,能把沉重的越野车吹得晃动,而且风还经常来回变化方向。

大风对雪豹栖息是有利的。

通常我们寻找雪豹,仅仅从地形环境看,要求有高山裸岩、高山草甸、河流和其他水源、向阳的南坡。这种环境适合岩羊生存,有岩羊的地方,有雪豹的概率就大。

但我们往往会忽视风的作用。大风可以把积雪快速吹走,特别是在比较陡峭的山坡上,这对雪豹的捕猎对象来说是一个利好因素。太厚的积雪会导致岩羊无法进食,所以大雪灾的时候很多食草动物饿死,这更容易发生在平坦地区。夏勒博士在《第三极的馈赠》(*Tibet Wild*)开篇描述了1985年10月他调查雪豹时遇到可可西里大雪灾的情景,雪深达1米,大量食草动物死亡，家畜中三分之二的绵羊、山羊、半数的牦牛饿死，藏野驴为了从雪地里刨出野草，前腿的背面皮毛都是血淋淋的。

还有一种情况也非常可怕。下雪后，突然升温使得积雪融化，之后又降温，水被冻成冰。这样，食草动物就彻底没有吃的了，这层冰，加上下面的雪，会让山坡上的草长期被覆盖。这种情况也容易在比较平缓、没有风的地带发生。所以，冬季的大风有利于食草动物生存，也会吸引雪豹。

幸好我们还带了焦距400毫米、光圈2.8的大镜头，应该影响不大。还是往好处想，这么倒霉，会出好片子吧！

我考虑把车从冻了的河面开过去，但是丰田陆地巡洋舰很重，没有把握，到有信号的地方电话询问尼马扎巴和邓珠，他们都不建议冒险。

下午3点，进入帐篷等候。下午风雪大作，山坡完全变白。守了近两个小时，太冷，扛不住了，回到车里暖和了一个小时，下午快6点，雪豹妈妈开始活动、进食并号叫，应该是在呼唤小雪豹。

依偎的雪豹母女 罗门摄

单只雪豹

下午6点半左右，曾长看见小雪豹出现在洞口，没有出来，又等了十几分钟，再看的时候，发现小雪豹已经在山坡上的妈妈身边。小豹子的行踪和它妈妈一样诡秘。

2022年2月11日　第3只雪豹是谁？

上午看见母雪豹在坡上守着死羊，用无人机拍了几张。

下面陡岩壁上的羊被吃了一点，位置挪动了一点点。我和曾长把车停在河边观察点，在车上观察并睡觉，我睡了一个小时以上，迷迷糊糊中听到雪豹叫声，清醒后问曾长，他说雪豹叫了很久了，是雪豹妈妈在呼唤小崽。

雪豹在山坡高处，一个高山兀鹫窝的上方，离道路近500米，太远了，只好飞无人机上去，没有靠近它们，而是用无人机的探索模式，28倍变焦去观察。看见一对同样大小的雪豹，一只颜色较白，是雪豹妈妈卓玛；另一只颜色较深，把头低到地面，在向卓玛示爱，在地上打滚，但卓玛无动于衷。一会儿，卓玛开始向右走，到另一个石头堆顶上，深色雪豹迟疑了一会儿，尾随过来。几分钟后，卓玛又往回走，深色雪豹紧跟着它，在上面的平台上守着。我当时觉得深色雪豹是一只公豹，在向卓玛求爱。但转念一想，如果卓玛还在养育孩子，没有发情，公雪豹会求爱吗？还有一种可能，深色的是拉姆，卓玛的女儿。但这也有说不通的地方，拉姆应该是来分享食物的，怎么会不去吃羊，反而紧紧跟随卓玛呢？我还是倾向认为那是一只公雪豹。

半个小时过去，两只雪豹先后往下走，穿过巨大的红色石壁，偶尔消失在我们的视线里又出现。它们在向岩羊尸体靠近。

这时，曾长说又看见一只雪豹，是小雪豹梅朵，它和妈妈会合，走在最后面。前面的深色雪豹已经开始吃岩羊。我们决定开车过去，在车里拍。但深色雪豹很警惕，见车靠近马上就离开了岩羊。雪豹母女在更高处，看着我们，让我们拍了一阵，然后向右侧山坡走去。我们跟着走了一段，决定先回来看单只的雪豹，然后再来看草坡上的它们。这里比较开阔，应该丢不了。然而，等我们拍完单只深色雪豹，再回来找雪豹母女，无论如何也找不到了。

事后回想这一幕，我猜测是卓玛在呼唤孩子梅朵，不想一只公雪豹正在寻找交配对象，循声而来。母雪豹在育幼期间不太可能发情，它也不愿让公雪豹靠近孩子，否则公雪豹可能杀死幼豹迫使母雪豹发情。卓玛只好与公雪豹周旋，然后择机带着小崽离开，并躲藏起来。如果真是这样，我们明天再见到母女的机会不大了，为了梅朵的安全，它们肯定放弃食物了。果然如此，后面几天再没有见到雪豹。

后来，我们在2022年5月拍到卓玛和公雪豹交配，通过照片比对，确认这次出现的深色雪豹就是雄性，鼻梁上有一道从左上到右下的疤痕，很显眼，我给它取名达瓦。当时它的确在向没有发情的母雪豹求爱。

这些记录可以说明：即使母豹没有发出发情信号（信息素），公雪豹也会发情，主动发起求偶行为。雪豹的交配，是一个通过求偶行为达成共识的过程，单方面的强暴行为还不能肯定地说不存在，但至少不常见。

2022年3月18日　母女仨分享食物

前一天晚上8点，曾长来电话，他陪外国客人在呷依看到3只雪豹，两大一小，它们在路边山坡上猎杀了一只岩羊。我决定飞去甘孜格萨尔机场。邓珠本来在从成都回石渠的路上，已经在炉霍住下，得到消息后立即退房，连夜赶到甘孜去住，好到格萨尔机场接我。

飞机早上9点起飞，10点10分到甘孜格萨尔机场，邓珠和木玛在机场等着，我们下午2点到石渠。

下午6点多，曾长发现雪豹母女出来了，在200多米远的山坡上，小雪豹正在独自玩土球，跳起来在空中翻腾，滚落到下面的斜坡上，充分展现出雪豹超强的平衡能力。我有时会爬上类似的山坡,下来的时候,常常感觉非常危险,要蹲着滑下来。

小雪豹还用脸部去磨蹭突出的岩石,像是做领地标记,但没有喷射尿液。它还试图埋伏,等妈妈靠近,再冲出来,就像人类小孩的藏猫猫游戏。文献上说,猫科动物独生子女比较少见,2只或3只幼崽的情况比较多。现在梅朵只能独自玩耍,或者和妈妈一起,然而妈妈似乎并没有心情和女儿玩。

等到天黑,它们没有下来吃死羊,后面的几天再没见到它们,应该是那天晚上,它们吃饱后离开了。雪豹带幼崽的时候,会比平时小心很多。

幸运的是罗门前一天拍到了3只雪豹在一起的一组照片,是女儿拉姆回来分享妈妈的食物,卓玛和拉姆相互磨蹭面颊,很友好。梅朵和拉姆没有互动,妈妈一直隔在中间。

卓玛、拉姆和梅朵 罗门摄

梅朵独自玩耍

- **玩耍的价值**

  幼崽通过玩耍向妈妈和兄弟姐妹学习捕猎。成为一个掠食者需要很多训练，而且时间会很长，这便是为什么雪豹幼崽通常要两岁才能独立生活。猫科动物通常是一胎多崽，雪豹一胎2—3崽最常见，独生子女相对少见。梅朵是独生女，只能和妈妈玩耍，或者独自玩耍。除了玩土球外，后来还看到梅朵玩弄岩羊的干皮，或是独自在岩壁上翻腾。

2022年4月2日

昨天邓珠发现雪豹在路边几十米的地方杀了羊，卓玛和梅朵轮流吃，不怕人。岩羊很大，估计它们一两天内不会离开。得到消息后，马上看机票，之前十几天，成都、玉树间的航班停飞，很幸运，今天是航班恢复的第一天。

飞机下午1点准时起飞，3点出机场，6点赶到呷依，不见雪豹，岩羊已经被吃光了，连骨头都没有剩。罗门说昨晚上雪豹一直在，今天早上还在旁边的山坡上，后来一匹狼来吃岩羊，雪豹妈妈没有理会狼，也许是顾及小崽的安全，放弃岩羊了。

2022年4月3日

雪豹一整日没有出现，下雪，有3匹狼在阴面的山坡上。

- **狼和雪豹对比**

  除了人类，狼曾经是生活分布最广的哺乳

雪豹一家：卓玛王朝

狼

动物。在青藏高原,狼的数量应该比雪豹多,这是我这些年拍摄野生动物的直观感觉。狼的适应性肯定比雪豹强,在适合雪豹生存的环境,狼也能生存,反之则不成立。它们主要猎物还是相同的:岩羊、旱獭。

让我们将狼和雪豹做一个比较。

1.个头、寿命

雪豹:雄兽37—55千克,雌兽35—42千克,体长100—130厘米,尾长80—100厘米(数据来源:吕植主编《中国大猫:13种中国野生猫科动物的发现及保护故事》)

狼:雄兽20—86千克,雌兽19—55千克,体长82—160厘米,尾长32—56厘米(数据来源:菊水健史编《犬科动物图鉴:狼·犬·狐狸》)

狼的体重变化范围大,是因为狼的分布范围广,个体差异大。总趋势是寒冷的地方个体大,热的地方个体小。青藏高原的狼是个体比较大的一类。

有对比才有概念。我拍到过狼和一只成年藏狐同框的照片,感觉狼比藏狐重10倍以上。我有两次见到狼的时候,第一感觉是马,可见青藏高原的确有体形巨大的狼。

狼和雪豹在野外的寿命无从知晓,在人工饲养环境下的寿命几乎相同,都是20岁出头。这是符合自然界的一个普遍规律,寿命和体重是强正相关的。体重越大的动物,寿命越长。狮子、老虎比狼和雪豹重很多,饲养寿命在30岁左右;100吨的鲸鱼,可以活200岁。

2.身体结构

雪豹：身体柔软，相对短粗的四肢，白肌肉，爆发力强但不能持久，反应敏捷；脚上有厚厚的肉垫（行走悄无声息）、可以伸缩的弯曲的爪子，两眼在正前方，有很好的双目视觉，能精确判断距离，短颌长牙，捕猎通常是锁喉，几秒就致命。

狼：身体结实，四肢修长，红肌肉，宽厚的胸部，适合长距离高速奔跑追击，两眼在面颊两侧，斜眼，视野更广，长颌长牙，便于撕扯食物，咬脚和腹背，猎杀过程时间比较长。狼没有可以伸缩的、弯曲的爪子，捕猎时只能用嘴，比雪豹少一样武器。

狼是长跑运动员，雪豹是短跑健将。一对一近身搏斗，狼应该不是雪豹的对手。在野外，谁都伤不起，它们没有医生，没有抗生素，受伤就意味着死亡。所以，它们实际上很少真正搏斗。

3.捕猎方式

雪豹：纯粹的掠食动物，捕猎对象以食草动物为主，如岩羊和旱獭。擅长伏击和偷袭，喜欢有灌木丛和岩石的地形。身体有花纹，便于隐蔽。捕猎时，闪电般出击，挑选反应慢的猎物，如有大角的公岩羊、刚出生的幼羊。雪豹是夜行性动物，黑暗中伏击成功率高。

狼：既是掠食动物，也是食腐动物，除食草动物外，还捕鱼。捕猎靠追逐，喜欢没有视觉障碍的平坦地形,这样追击时可以保持猎物在视野中。身体没有花纹,捕猎不需要隐蔽。捕猎时,识别和追击老弱病残。狼是昼行性动物,白天有利于成群合作捕猎。可以猎杀比自身大很多的猎物,如高原狼可以猎杀体形巨大的牦牛。

从捕猎的成功率看,不相上下,科学家对狼有长期的观察研究,群狼捕猎的成功率约10%。我自己观察雪豹6年,总共见到两次成功的猎杀,成功率不超过10%。

4.分布范围、生活方式

雪豹:独居猫科动物,除育幼和交配期外,大部分时间独居,但也时常见到有血缘关系的雌性雪豹在一起分享食物,一片领地内交配过的雌雄雪豹也会碰面,可能是分享食物,也可能是保卫领地,驱赶雄性竞争对手,保卫自己的幼崽。雪豹一般独自捕猎,雌性独自哺育幼崽。主要分布在亚洲的高海拔地区。

狼:社会性群居动物,等级社会,合作捕猎,合作哺育幼崽。狼的社会呈金字塔结构,顶端是狼王和狼后(即阿尔法组合),下面的狼论资排辈,最后是幼狼。所有成年的狼在群体中都有一定的角色,如捕猎、抚育幼崽等,狼群内通常只有狼王狼后有交配生育权,狼实行一夫一妻制,每一对狼都是终身的关系,狼王狼后以下等级的夫妻,要交配生育,大概率要离开狼群。(注:这应该不是绝对的,科学家观察到黄石公园的狼群中,约有1/4的低等级狼交配生育。)

狼王不是终身制。它不但要有强壮的身体，而且还要有相应的个性和经验。一般狼王的地位并不能维持太久，狼王会随时受到挑战，年迈体衰就会被年轻的后辈赶下王位。狼王更替对狼群是有利的，任何个体长期把持一个种族，都会导致活力和多样性的丧失，最终走向灭亡。

总体而言，相对于独居动物，社会性动物的适应能力更胜一筹，所以狼在地球上的分布范围更广。

5.两强相遇

争抢狩猎成果：邓珠和吕玲珑老师曾经看到雪豹抢走狼捕杀的旱獭。他们在石渠县正科乡地理孔村的山坡上守候雪豹，发现远处一匹独狼捕杀了一只旱獭，接着一只雪豹来抢夺猎物，狼只得离开，它知道斗不过雪豹。

雪豹与狼互动：在石渠县真达乡，我和助手邓珠探索一条山谷，路上看见一匹狼在草地间行进；回来的路上，发现它停着不动，观察前方。邓珠顺着它的视线一看，发现山坡很高处有两只雪豹，流石滩中应该有食物，一只雪豹迎着狼走去，在草地上对峙一会儿，然后向狼冲了过去，狼赶忙跑开，雪豹不追了，它又停下来，显然狼是害怕雪豹的。

6.狼和人的关系

狼的社会中，有分工、合作、责任、友情、奉献、忠诚等特质，而且基本可以肯定是出现在人类社会具有这些特质之前。狼的社会结构和人类社会结构是很相似的。甚至有这样一种说法：人类的祖先学习借鉴了狼的社会结构，学会了个体间的分工合作，才从众多动物中脱颖而出。

灵长类成员，从猴子到大猿，虽然都是群居的，只有人在分工合作等社会性方面走得最远，进化出类似于狼群的金字塔形结构，并且超越狼，形成更为复杂的社会结构。人类的这种社会结构好像越来越不自然，能不能长期存在，很难说。

人类的祖先肯定在很早就和狼生活在一起。一些狼被驯化成了狗，真正融入人类的生活。狗之后，才是其他家畜和人生活在一起。科学家表示，最早的狗化石可以追溯到32000年前。有人还注意到一个现象，狼从来没有出现在人类早期的洞穴壁画中，30000年前的洞穴壁画中都是猎物和其他捕猎者，如野牛、羚羊、狮子、豹子等，没有狼，也没有人。对这种现象的一种解释是：那时狼非常普遍，是生活在人类身边的邻居，是人类的伙伴，而不是猎物或竞争对手。

2022年4月4日　梅朵藏食物

下午4点半左右，我用单筒望远镜看见了雪豹母女，在400米开外有高山兀鹫窝的岩壁上玩耍。不一会儿，两只雪豹跑下山坡，进入桥头对面的沟槽中不见了，过会儿小雪豹出现在草坡上，嘴里叼着一大块东西，仔细看，是一块岩羊皮，没有肉。

邓珠开车到桥头观察，发现雪豹妈妈已经下到沟对面比较低的位置，见到车就往山上走了。又过一会儿，小雪豹也到沟里去了。邓珠开车回来接我过去，看见了雪豹母子，妈妈的位置高一些，小雪豹低一些。我们在车中拍摄，小雪豹开始往下走，不时嗅闻地面，越走越近。它要下来喝水吗？我心里嘀咕。它继续往下走，正对着我的方向。我通过镜头紧紧跟着，它一直来到离我们80米远的岩壁上，窄小的超长焦距镜头视野中，出现了一块暗红色的东西，原来那里有一块岩羊肉。

我一下就明白了。两天前，它们不是把那只大岩羊的肉吃完了，而是分块藏了起来。先前小雪豹玩弄的是一块，这又是一块。雪豹妈妈卓玛刚才走下来，就是冲着这块肉来的，它比梅朵更小心，看到路边的车后便退了回去。梅朵也许是不怕人，也许是更饿，下来了。

这是我第一次确切观察到在没有人干扰的情况下，雪豹藏匿食物的行为。我曾多次看到雪豹把食物拖进树林，拖到岩石后面等，但觉得它们只是想远离人类。藏匿食物应该是猫科动物的普遍行为，最常见的是花豹把猎物拖上树。

梅朵吃了一阵，可能看我们在附近不自在，也可能是妈妈在呼唤，它叼着岩羊肉往山坡上去了，在更高一层的平台上吃了起来。

我按观察梅朵的几个关键时间点推算了它的年龄。我们第一次记录到它是2021年10月23日，那时它还很小，可能妈妈刚刚带出窝到处走动。《雪豹》一书中有资料表明，小雪豹12周之后会开始随妈妈走动，那它就是在8月初出生的，现在约8个月大。

雪豹怀孕期90—105天，那雪豹妈妈是在4月底或5月初交配的。这个交配产崽进程是比较晚的，雪豹通常是在1—3月份交配，我在石渠县地理孔村、杂多县昂赛乡记录到雪豹妈妈带幼崽出来的时间都是9月底，而且幼崽比10月底初次见到的梅朵个头更大。

按这个推测，卓玛在2021年5月初交配，比通常的交配时间晚。这比较好解释，因为2021年年初，3只快要分离的幼崽还在妈妈身边，这很有可能推迟它的发情时间。猫科动物的发情时间和是否有幼崽是有关系的。对狮子和猎豹来说，母兽不论什么原因丧失幼崽后，很快会再度发情。大概我们也可以反过来说，幼崽在身边，会抑制母兽发情。

梅朵找到之前藏好的食物

罕见的育幼期求偶和交配　　2022年4月29日—5月7日

2022年4月29日

本来是28日的航班，到机场才发现航班取消，说是天气原因。乘机要48小时内的核酸检测结果，昨天晚上再到医院做核酸，排了几百米长的队，等了一个多小时。

航程顺利。出机场两次检查核酸结果，进石渠县的关口，又查核酸，好悬！还差15分钟就过期。下午2点到石渠县城，又到县疾控中心做了一次核酸，以防万一。吃了一盘饺子，直奔呷依，下午4点多到雪豹点。

尼玛扎巴已经把房车拖来了，营地建在河边观察点的空地上。我搜寻了一阵子雪豹，不见踪影。岩羊很多，它们看上去很放松。

2022年4月30日

早上7点多起床。昨晚下了雪，地上、山上都积起了雪，可惜没有雪豹。开车出沟去转了一圈，希望碰到雪地里的狼、猞猁之类的，结果只见到高原兔。下午邓珠单独出去看见了山坡上的兔狲。我看见在兔狲下方的河岸上，有一条黑狗在啃东西，邓珠先用望远镜看了，觉得有点奇怪，脱掉鞋袜，蹚水过河走近看，发现是一只大公岩羊，被吃得差不多了，肉还是红的。

我们不可能错过这么近的雪豹猎杀现场啊！我回营地后，邓珠又叫上罗门一起去看，他们在不远处找到岩羊的内脏，认为羊是狼昨天下午追杀的，几匹狼把尸体扯得到处都是，很快就吃完了。

山谷中风很大，吹得房车边的帐篷哗哗地响，有点吓人。吃完晚饭后，邓珠和尼玛扎巴坐在越野车中观察，外面太冷了。我穿上最厚的羽绒服——可以对付北极气温的那种——全副武装，出去散步，希望能走得身上暖和起来。刚走三四百米，邓珠开车追过来，我问："看见雪豹啦？"他说："罗门听到雪豹叫了，骑摩托车来通知的。"

我们赶到罗门家，他家的帐篷在我们营地的上游1千米处。他们全家人都在外面，往山上望，二儿子甲花架着相机看。即使在嘈杂的人声中，我也清楚地听见雪豹的叫声，很响亮，在罗门家帐篷正对着的山坡上方，但谁也没有看见雪豹。

我刚架好三脚架和相机，罗门的妻子就说看见雪豹了，时间是晚上8点07分。邓珠用望远镜也看到了，忙过来帮我用相机镜头对准雪豹。一只雪豹边走边叫，不时在石头堆里停下来嗅，一小群公岩羊冲过来盯着它，它视而不见，继续向我们营地方向走。雪豹一直走过我们的营地上方，走到桥的另一边。天几乎全黑了，即使将相机感光度调到最高，也看不见它，但我仍能听见它不停地叫，一直持续到晚上10点入睡前。

雪豹的肚子胀鼓鼓的。这是妈妈卓玛还是大女儿拉姆？如果是妈妈，它可能猎杀了羊，自己吃饱了，在喊小女儿梅朵，让它也去吃。如果是大女儿拉姆，它可能是怀孕了，肚子大，要找妈妈。邓珠认为是大女儿拉姆，因为它脸有点红，我们最初一直叫大女儿拉姆"红脸"。3月我们见过妈妈卓玛和大女儿拉姆、小女儿梅朵分享食物，她们重聚也是可能的。

2022年5月1日

早上6点半起床。邓珠说半夜听到雪豹叫，听方位像在往回走。罗门也听到了。这说明雪豹是在山坡上来回走动和嘶叫。现在河里的冰已经融化了，河水哗啦哗啦响，雪豹如果在远处嘶叫，我们是听不见的。

白天出去搜寻好几次，只看到两只老鹰落在山坡上。反复看，还把车开过河，从河对面的山坡上观察，也没有发现雪豹或死岩羊。

晚上8点15分，尼马扎巴在房车外喊我，说雪豹要捕猎岩羊了。我赶紧跑出去。他看见雪豹从坡上的一片大岩石边下来了，那里有一字排开的一群羊，大约20只。羊不是十分紧张，但也不是放松状态，应该是看见雪豹了。而我始终没有看到雪豹。

晚上8点40分，天几乎全黑，我们回到房车，邓珠和罗门开车去泡温泉，在回来的路上，他们听到雪豹叫了几声，时间不长。我一直在想，这是谁？可能是大女儿拉姆，罗门在今年2月就曾听见拉姆叫，还看见它不停地舔下体，身体上有些白色液体。后来拉姆跟另一只雪豹翻山走了。卓玛的大女儿拉姆到2022年3月，应该2岁9个月左右大，有可能开始发情求偶了。《新疆雪豹》一书曾讲到一种现象，有时雪豹在2—3月交配后没有怀孕，可能会在一段时间后再次发情，这难道是拉姆因为再次发情而嘶叫吗？

● **雪豹的叫声**

雪豹是豹属大型猫科动物之一，但它的声带结构却和小型猫科动物类似。雪豹不能像狮子、老虎那样发出传递很远的低频咆哮声，而是发出"嗷唔，嗷唔"的叫声。

2—3月最容易听到雪豹嘶叫，那是雪豹求偶期间通过叫声寻找配偶。我在昂赛听到过两次，在石渠真达垭口还听到一次，在白雪皑皑的垭口，清晰的雪豹叫声从远处的山峦间传来。

我还看到过雪豹妈妈呼唤孩子。最特别的一次是卓玛对着成年的大女儿叫，我先以为是呼唤女儿过来，从后来的行为和表情看，是叫女儿走开。后来我们还记录到姐姐拉姆呼唤妹妹梅朵的情景。

2022年5月2日　两难境地中的卓玛

早上和邓珠开车往沟里寻找，没走很远就掉头往回，快到营地时，邓珠才看见尼马扎巴向我们猛招手，他肯定看到雪豹了。一问，是3只雪豹自桥头沟里向山上去了。

邓珠一下就看见雪豹在山坡第二层平台向上走，这时是7点36分。但我花了很长时间也没有理解他描述的方位。好不容易才看到雪豹，就在流石滩沟边上的草地上。先是一只，然后两只，紧紧依偎在一起，显然是母女，它们朝山上走着，一会儿就不见了。

邓珠扛起相机跑去桥头河对岸小山坡上，我赶紧跟上去。小雪豹拉姆正冲向红脸雪豹，红脸避开，但张嘴龇牙威胁，拉姆趴地上，做出害怕的样子。雪豹卓玛加入，靠近红脸雪豹，两豹碰头一下，红脸逃开，似乎惧怕雪豹妈妈。十几分钟后，卓玛和拉姆走上更高一层的一块小草坪，红脸雪豹绕过来拦住雪豹母女，雪豹妈妈上前和红脸碰头磨蹭脸颊，3只同框，然后，红脸转身上山，母女迟疑1分钟后跟了上去。雪豹越走越高。8点25分，雪豹们走到有胡兀鹫白色鸟粪的大岩石附近先后不见了，估计都睡觉了。

这是一个大收获，3只雪豹同框，不管什么关系，对独居的猫科动物来说，都有特别的价值。

下午6点半，邓珠在有鸟粪的大石头旁边看到梅朵，一会儿妈妈也出来了。红脸雪豹在一旁，好像在试图靠近山坡上方的岩羊群，但被岩羊发现了。

几十分钟后，妈妈和女儿向左下走了一段，消失在流石滩沟中，朝我们营地上方来了。几分钟后，红脸跟了过来。它们一起走到流石滩斜坡上，停了下来。妈妈挡在女儿和红脸之间，不让红脸靠近小女儿。有时小女儿也和红脸互动，但看起来不是很友好。

它们又若即若离地一起走了一段，最后妈妈靠近红脸，赶走它。红脸在几十米开外的流石滩中卧了下来，嗅闻雪豹妈妈卧过的地方。卓玛带着女儿

卓玛、梅朵母女和达瓦

梅朵进入山坡上的一个沟槽，不见了。这时已经是晚上8点半，天色很暗了。

直到这个时候，我们都还以为红脸是雪豹妈妈的第一胎女儿拉姆。卓玛带着不到一岁的幼崽，不应该发情。

2022年5月3日　求偶和交配

早上6点45分起床，我和邓珠开车出去搜寻。

先往沟外走，我觉得这边希望大，结果没有看到东西。刚刚掉头对讲机就响了，尼玛扎巴看见雪豹了。就在营地正上方，五块石最左边的石头堆顶上，离我们有300米远。一晚上过去，它们没有移动多少位置。

7点14分，我先看见两只雪豹前后趴在一起，以为是雪豹妈妈和小崽在玩耍。过了一会儿，邓珠说那是两只雪豹在交配。原来我们之前的看法全错了！

红脸雪豹是一只公雪豹，我给它取名达瓦。

4月底，雪豹卓玛发情了，在标记的液体中释放出特别的信息素，达瓦嗅到了这信息，不停四处走动、号叫呼唤、嗅闻搜寻，经过一天两夜，达瓦和卓玛终于碰面了。这时，卓玛还带着它的女儿梅朵。

母豹很主动，公豹则不停逃开，然后又回来。这和通常认为的公豹主动、母豹被动的情形不同。

梅朵曾数次试图驱赶公豹，但也害怕公豹。3只雪豹在一起的时候，它多半躲在妈妈身后。母豹明显担心公豹伤害小豹，总是隔在两者之间，但它自己又主动接近公豹，合理猜测是处在交配冲动和护幼本能的矛盾之中。

它们在同一地方又交配了3次，每次交配的时间很短，约15秒，中间停歇几分钟。

7点45分，它们基本不动了，在岩石顶上睡觉。8点多，我决定从侧面向山坡上走十几米，这样雪豹可以露天。到达目的地了，但拍摄效果不理想——离雪豹350米以上，扰流严重，图片都是模糊的。

9点19分，雪豹起身，靠得很近，我以为它们又要交配，实际上没有。它们转身走下石头顶，到右下方的草地上。那里有一个浅浅的小土坑，它们卧进去后还能看到半个身体。

10点24分，再次开始交配。从侧面看得很清楚，交配过程完全由母豹主导——当母豹起身，朝公豹拱起臀部，公豹才会骑上去，轻咬母豹后颈项，交配高潮时公豹会张嘴号叫，然后母豹跳开，分离的过程呈痛苦状，似乎交配过程并不愉悦。交配几次后，母豹趴下睡觉，公豹坐守在旁边。后来公豹也趴下睡觉。

11点08分，坡上有岩羊奔跑，邓珠用对讲机告诉我，是小雪豹梅朵在撵岩羊。

我蹲在离路边20米的草坡上，没有带水和备用电池，让罗门从路边把水和电池甩上来，我没有用帐篷，始终保持蹲姿或者跪姿，用帽子遮住头，躲在相机后面。雪豹有时会看向我的方向，可能是因为感受到大镜头的反光，但它们没有其他动作，说明这个方法可行。等了几个小时，看到雪豹都睡觉了，我决定靠近一些，趴在地上，手脚并用，向上爬动了几十米，雪豹没有发现。

下午5点，雪豹又开始交配，4次以后，下午5点30分，母豹起身移动，公豹一直跟在旁边。

傍晚6点10分，母雪豹快速跑向山坡左下侧，公豹紧追在后面。跑了约100米，母豹停下来，双方呈对峙状，母豹张嘴皱鼻对公豹号叫，然后卧进小土坑，不时变换位置；公豹还在不停嗅闻母豹停留过的地面。

傍晚6点30分，两只雪豹走进桥头流石滩，越过小山脊，看不见了。邓珠开车跟过去，看见它们过了沟槽，在右边山坡上，离路边150米左右。中间的山坡，让我们互相看不见。

傍晚6点58分，我从草坡上横切过去，来到桥头山坡的最下端岩石尖角的下方蹲下，探出镜头查看，雪豹在我上方70米处。邓珠告诉我，它们刚刚

观察到母豹在掌控交配节奏

在那里交配了一次。母豹在岩石的边缘，应该看见镜头了，四处张望，打了两个哈欠，公豹在它的后面，看不见身体。

晚上7点10分，母雪豹起身，向右上侧走30米，公雪豹跟随，一起在石头顶不见了。

晚上7点43分，雪豹从石头上冒出头，一起看向我镜头的方向。

晚上7点45分，它们向坡下走，对着我而来。中间母豹消失在石头后面一会儿，公豹坐在那里打了个大哈欠，所有牙齿都露出来，我发现它缺了左上犬牙。然后它们来到和我同一水平高度、离我约35米远的平台上，一前一后卧下，四处观望。

晚上7点53分，它们向我走过来，在离我20米处停顿2分钟，随后消失在我面前石头坡的后方。

到了晚上8点02分，母豹卓玛出现在离我8米远的石头后面，平静地看着我。在路上的邓珠、尼玛扎巴、罗门都非常紧张，觉得雪豹要攻击我。而我相信文献上说的，雪豹不会主动攻击人。

两只雪豹时隐时现，我感觉是自己挡了它们的路了。

晚上8点11分，我拍下最后一张照片后滑下山坡，它们随即走到我蹲的地方，嗅地面，一只雪豹排便，然后上山。天已黑，看不见它们的去向。

从早7点半到晚8点11分，雪豹交配了15次左右。

● **求偶过程中的各种冲动**

诺贝尔奖获得者尼可拉斯·廷伯根（Nikolaas Tinbergen）在《动物的社会行为》（*Social Behavior in Animals*）中，详细描述了动物的交配行为。对我理解雪豹求偶过程深有启发。下面是我对雪豹求偶的一些解读：

卓玛第二胎——独生女梅朵

达瓦和卓玛正在交配

雪豹是独居动物，在发情期，当有其他雪豹靠近时，它会有本能的逃跑和攻击冲动。对卓玛而言，梅朵还在它身边，它肯定不希望其他雪豹靠近梅朵，那是非常危险的。所以它还有保护幼崽的冲动，这也会抑制交配的性冲动。但它又有交配的性冲动，而且见到异性雪豹时，交配的冲动会变得更加强烈。

在3月份，达瓦来追求卓玛，卓玛没有响应，因为它还在养育梅朵。保护幼崽的本能和逃避的本能占上风，它找机会带着梅朵离开了。这个现象还说明，公雪豹发情是自发的，不完全由母豹发情来刺激。

但这次相遇，可能刺激了卓玛的性冲动，因为它只带了梅朵一个幼崽，育幼的负担不重，而且处于盛年，性冲动压倒了育幼本能对性冲动的抑制。它在4月底发情了，发出了求偶的信号，在尿液中释放出交配的信息素。对动物而言，性与嗅觉刺激是紧密相关的。

达瓦嗅到卓玛发出的性激素，性冲动被激发，它行走、号叫，两天后终于和带着梅朵的卓玛碰上了面。和卓玛相见，达瓦同样害怕，同样有逃避和攻击的冲动，同时性冲动又逐渐强烈。卓玛见到达瓦，情感也交织在攻击、逃跑、育幼和性冲动之间。通过两天的反复试探、适应，性冲动占了上风，它们赶开了梅朵，交配了。

或许可以做出这样的推测：当雪豹妈妈养育一只幼崽时，发情的可能性比较大，而养育多只幼崽时，可能性较小。

在和两只雪豹面对面的最后的10分钟，已经是晚上8点，天几乎全黑了。拍摄时去掉了增距镜，让镜头的光圈回到最大的f/4，快门速度降至1/100秒，感光度提升到4000，借助相机的感应能力才能清楚地观察近在眼前的雪豹，裸眼已经很难看清。

但卓玛和达瓦一定可以轻而易举地看清我离开时的行踪。雪豹是夜行动物，主要的捕猎都发生在天黑以后或天亮之前。相对白天，雪豹在晚上更有优势，这种优势来自两个方面。

一是雪豹的眼睛很大，这是所有夜行性猫科动物的共同特征。我在巴黎自然历史博物馆的猫科动物展上，看到这样一组数据：家猫眼珠的重量大约是10克，而人类的眼珠只有7克，它们的瞳孔可以扩张到比人类的瞳孔大3倍。

二是雪豹眼球背后有一层反光膜，如同一面镜子把光线反射回到视网膜上两次，从而增加了进入眼睛的光线总量，增强了夜视能力，让它在非常有限的光线下也能看得清楚。这也是为什么我们晚上用手电筒照射猫科动物，它们的眼睛会闪闪发亮。而用手电筒照人的眼睛就没有这种效果，因为人类的眼睛没有这层反光膜。大卫·爱登堡（David Attenborough）在《哺乳类全传》（*The Life of Mammals*）中说，一般猫科动物的夜间视力会强于人类6倍之多。

我强调雪豹看我离开时毫无困难，是因为猫科动物的视觉对移动物体更敏感。如果一个潜在的目标从它眼前闪过，这样的刺激是如此强烈，有时候会促使猫科动物试图去捕捉，即使它并不饥饿。这种反应，是因为猫的大脑中有几根神经专门用于侦测移动物体。另一方面，猫科动物面对近处不移动对象的时候，视力不如人类。类比来说，就如同现在的高级相机有人脸识别功能，会把焦点自动对到人脸上，模糊其余部分，猫科动物的神经，就像有运动目标识别功能，会自动聚焦到运动的物体上。

我蹲在它们前面，躲在相机后面一动不动，可能它们还真不知道那是什么东西。

在白天，雪豹的视力应该也比人强。我们很多次用高倍单筒望远镜发现了远处的雪豹，测量距离在1千米左右，当我观察或拍照的时候，常常会发现雪豹也在观察我。它应该把我的行动，包括观察方向，看得清清楚楚。人在这么远的距离，裸眼是看不清的。

这应该是雪豹生活在广袤高原进化出来的能力，不然，它们寻找猎物会很困难。人类不容易见到雪豹，这也是原因之一——它们会先发现人的到来。

在离我100米以内，卓玛和达瓦都打了哈欠。感觉和人一样，雪豹之间，打哈欠也是会传染的。借着哈欠，我看清楚了它们的口腔状况。卓玛的牙齿整齐锋利，舌头粉红，上面布满白色的乳状突起，像倒刺一样，中空而坚硬，向后倾斜。这些坚硬的乳状突起非常有用，可以把猎物的肉从骨头上舔下来；当它舔舐自己或幼崽的时候，可以除去皮毛上的杂物。

而达瓦的左上犬齿断了。犬齿是雪豹捕猎的最重要工具，对它的生存能力有极其重要影响。

2019年，石渠县真达乡的护林员救助了一只老雪豹。这只年迈的雪豹，为争夺一只被杀死的岩羊，和一只年轻力壮的雪豹打斗了一整天，从山上打到山下，又从山下打上山。河边的牧民看见了这场打斗，知道老雪豹受了重伤，第二天和护林员一起上山寻找它们。

当护林员发现它们的时候，老雪豹正趴在岩羊身上，和年轻雪豹对峙。它前腿后腿都受伤了，前腿被咬穿了，已经不能够行走。人们靠近的时候，年轻雪豹走开，老雪豹张嘴咆哮，原本锐利细长的犬齿已经完全没有了锋刃，只剩下半截黄黄的圆柱，前臼齿也残缺不全。

估计它已经不能猎杀岩羊这样的大型猎物了，而冬季来临，旱獭也已经冬眠，它只好冒死去争抢年轻雪豹的猎物。护林员决定把它带到山下，他们想办法固定住雪豹，把它带到村里，放在一个铁笼子里救治，还带着它争夺的那头岩羊。

老雪豹几乎不能动了，我慢慢打开铁笼门，它开始还龇牙咆哮，后来就只能安静地看着我。

兽医给它进行了伤口处理，注射抗生素。村里安排专人给它喂水喂食。在人类的照料下，它身体日渐恢复，正当人们感到欣喜的时候，一个清晨，它从笼子里消失了！它趁夜色弄开了笼底的木板，放弃了丰富的食物，回归薄雪覆盖的漫漫荒野。显然，在笼中的安逸与艰辛的自由之间，它选择了后者。

几天以后，牧民们又在村边的河边发现了它，它已经走不远了。而且它已经失去了捕猎能力，无法在野外活下去了。人们再次把它带回铁笼中，后来为它做了一个很大的铁笼，让它在那里养老。

这样的同类争斗造成严重受伤的情况比较少见，老雪豹肯定是实在没有办法取得猎物，饥饿难耐了。野生动物的世界里是没有救助和抗生素的，严重受伤就意味着死亡。

2021年，也就是两年多以后，我再次去看望了这只雪豹。它恢复得很好，野性十足，有人靠近铁笼，它会大声咆哮，做出凶猛的攻击姿势。到2024年，饲养它的老人已经去世，它还健康地活着。

达瓦的牙齿是怎么断的呢？我猜测是捕猎的时候折断的。雪豹犬齿又长又细，虽然刺穿猎物易如反掌，但如果它们被猛地拽向一边，受到扭转力的作用，犬齿就很容易折断。雪豹和其他大型猫科动物一样，应对之道就是在猎物的垂死挣扎过程中，用有力的前肢抱住猎物，贴身挂在猎物身上，让牙齿不承受侧向的力。雪豹的前肢很灵活，能翻转向上，通过扭动腕关节，使脚上的肉垫面向自己的躯体。灵活的前肢使得它可以紧紧攀附在猎物身上。我看到过一只雪豹捕猎藏野驴的视频，它前肢抱着野驴的脖子，牙齿咬住野驴的喉咙，但没有刺穿血管，顽强的野驴持续猛烈转动摇摆，试图甩掉雪豹，几分钟后，雪豹终于坚持不住，放开了野驴，让它逃生，自己也没有受伤。

如果捕猎的过程太过剧烈，如有高速冲击、高空坠落，前肢没有抱住猎物，侧方的力就可以把犬齿生生折断。我相信这种情况发生在了达瓦的身上。毕竟雄性猫科动物的捕猎能力是不如雌性的，它们只需要养活自己，不时还有可能抢夺雌性的猎物；而雌性除了自己填饱肚子，还要捕猎来养活孩子，它们的猎物还随时可能被抢走。

2022年5月4日　同步和交配

早上6点49分，一出房车就看见两只雪豹，正缓步往罗门家的经幡走去，光影很好，我们马上靠过去。它们停在路边的第二层草坡上，停留了很长时间，动作非常同步，同时行走、同时卧下、同时半蹲，总是在看同一方向。

5月是高原暖季的开始，就像低海拔地区的春天，万物复苏，很多鸟儿也成双成对。

9点40分，雪豹上到半山腰去了，在这两个小时里，它们没有交配，很可能是在更早些时候交配过了。

下午6点左右，邓珠看见雪豹尾巴晃动了一下，我们赶紧把晚饭吃了，开车到桥头架起三脚架等。

下午6点半，它们在高处岩石边交配，然后慢慢往下走，边走边交配，一共交配了4次。到天黑，它们在离路边100米左右处卧下休息。

达瓦脸上的深红印记很明显，我猜测是不久前雪豹之间打斗产生的。在母雪豹留下发情的信号后，两只或两只以上的公雪豹来到这里，发生了打斗。战斗中达瓦的一侧脸受伤了，留下深红色印记。通常雪豹吃岩羊后，脸上也会留下印记，但那种印记是粉红色的，两侧都有，不会只在一侧。

雪豹和鸟儿都是成双成对的

雪豹一家：卓玛王朝

交配期间雪豹的动作同步率总是很高

2022年5月5日　休息和交配

6点就起床，天才麻麻亮。6点半，和邓珠开车去昨晚最后看见雪豹的地方，它们还在原地。看见我们到来就起身坐着回望我们。我们下车架起三脚架，它们开始交配，休息；向下走到流石滩中，交配；走向罗门家的经幡下方，又回头走向红石陡岩；公雪豹追母雪豹，母雪豹回头对着公雪豹号叫，对峙；母雪豹好像不想再交配，或者想摆脱公雪豹到幼崽那里去——梅朵有一个星期没有吃过像样的东西了。

但卓玛摆脱不了公雪豹达瓦，只好一起走上半山，回到昨天白天在一起休息的地方，在石头坡上睡觉。它们的左边和上方，有很多岩羊在附近吃草。中午12点多，母豹起身到一大片红石岩壁上，公豹跟过来，再次交配，然后又回原地睡觉。

下午5点30分左右雪豹再次起来活动，交配。我们到桥头等雪豹下来，半个钟头后，雪豹往下走，边走边交配，然后休息，10分钟后又在河边的红色岩壁上交配，再一起去离路很近的积冰处喝水。积冰的旁边，就是我们看到小雪豹梅朵藏身的那个石头洞。

它们足足喝了十几分钟，然后沿原路返回，又交配了两三次。到晚上8点半天黑，我们离开。雪豹下午一共交配了十几次，每次的时间长短不一，但趋向于越来越长，最长一次持续2分20秒，最后母雪豹奋力挣脱开。

2022年5月6日　打斗和温存

早上6点半起床，远远看了一下，雪豹不在昨晚上休息的岩壁上。我相信它们还在那一片。等早上太阳光照亮一半山坡，我和邓珠才开车过去。

开到桥头，我看见两只雪豹正在朝前天晚上休息的地方走去。它们在那里停留了一会儿，继续往山坡上走，交配。然后向草坡斜上方走，来到一片垂直岩壁的底部，母雪豹卓玛忽然开始向上飞奔，攀跃陡直的岩壁如履平

卓玛和达瓦正在休息

雪豹交配

地；公雪豹毫不迟疑，一样飞身上去，几乎扑到卓玛的后腿，卓玛在岩顶上停下，回头对达瓦怒吼，达瓦瞬间停下，背部触地，表示屈服，最后它们在比昨天白天低一些的地方休息了。

在这几天的交配中，母雪豹不停地变换位置，公雪豹紧紧跟随，可以说是形影不离。小雪豹就在沟另一边的山坡上，我想母豹是看得见的。母雪豹有几次越过沟槽，似乎往小雪豹方向去，公雪豹每次都马上冲到前面，堵住它的去路。

从交配的第一天起，几乎每天都记录到几次交配，母雪豹飞跑，公雪豹紧追，母雪豹急停回头，张嘴龇牙，对公雪豹号叫，挥舞一只前掌，公雪豹也张嘴龇牙，挥舞一只前掌，但都是虚张声势。双方对峙几秒，一般是母雪豹先做出屈服的姿势，侧脸着地，露出喉咙。公雪豹会马上做同样的动作，冲突结束。其间它们几乎没有肢体上的接触，整个打斗都是仪式化的。交配的后几天，这样的互动次数明显比前几天多。

它们也不总是这样追逐、对峙和怒吼，也有柔情蜜意的时候。母豹有时会用头顶去摩擦公豹的颈部和肩部，只不过在整个5天的交配期中，只观察到这类行为几次，远远少于追逐打斗次数。

● 打斗的仪式化

我看到过很多次两只雪豹的追逐和打斗，主要是求偶期的雌雄雪豹；也见到求偶期外各种关系的雪豹之间的互动，龇牙咧嘴是主要方式，部分时候会挥舞爪子，但从来没有亲眼见过触及身体的打斗。

诺贝尔生理学或医学奖获得者康拉德·洛伦茨（Konrad Lorenz）在《所罗门王的指环》

卓玛第二胎——独生女梅朵

交配期间的追逐

打斗与屈服

卓玛第二胎——独生女梅朵

柔情蜜意

> （*King Solomon's Ring*）中说："打斗中的狼不会咬断同伴的脖子，乌鸦也不会去啄同类的眼睛，如果动物在进化的过程中形成了能置同类于死地的武器，那么这种动物为了生存，就必须形成一种相应的社会禁忌，避免这种武器危及种族的生存。"我觉得这个说法在雪豹身上也是适用的。

2022年5月6日　不思饮食

5月3日是雪豹妈妈卓玛开始交配的第一天，小雪豹梅朵就在旁边100米外，它很活跃，靠近过罗门家的牦牛，追逐过一大群岩羊，但后面几天我们没有看见它。

5月6日上午，梅朵出现在五块石上方的山坡顶上，它肯定看得见妈妈，但它不敢过去。对于小雪豹来说，成年公雪豹很危险。人们观察狮子、老虎，都发现成年的雄性可能会杀死不是自己亲生骨肉的幼崽，从而让雌性专心养育属于自己的后代。雪豹或许情况类似。但我没听说过有公雪豹杀死幼豹的记录。而且我们不知道梅朵的父亲是谁，很有可能就是这只公雪豹达瓦。这个区域相对封闭，成年公雪豹的数量很有限。

这几天，卓玛常常试图离开达瓦，当它跨过小桥上方的大沟，向小雪豹的方向走时，达瓦就会冲到前面阻拦；当卓玛向远离小雪豹的方向走时，达瓦就只会紧跟在后面。

于是两只雪豹片刻不离，也没有进食，对附近的岩羊没有表现出丝毫的兴趣。交配的第2天，母雪豹领头，一起到结冰的地方喝了一次水。我们不排除它们在夜里还喝过水，但十分肯定它们没有进食过。

而这些日子里，小雪豹梅朵很可能也没有吃过什么东西。

这天下午3点多，两只大雪豹断断续续开始活动，小雪豹梅朵也开始往山坡上拖东西。仔细看，是一个以前吃掉的岩羊骨架，上面附着皮毛。梅朵用嘴叼起岩羊骨架，奋力往上方走，一次移动一两米的距离，看来骨架对它来说太重了，这是好事，说明骨架上可能还残留着些许肉。几次下来，梅朵把岩羊骨架拖进一个土坑，不见了。它肯定很饿了，小豹新陈代谢快，不如成年个体耐饿。暂时失去妈妈照顾的小雪豹实在可怜。

两只大雪豹很晚才从山坡上下到路边来，在我们面前交配了一次。不知到什么时候，孤零零的梅朵来到桥头左边山坡上，在离妈妈和达瓦50—60米远的地方望着他们，一动不动，持续了半个多小时，直到天黑得我们看不见它。

极有可能是因为卓玛不想离女儿梅朵太远，两只大雪豹才一直停留在这一小块区域交配，给了我们非常难得的拍摄和观察机会。

2022年5月7日　母女团聚

早上6点半起来，远远看见雪豹在靠近桥头的流石滩里睡觉，我想等到光线更好一点再开车过去。

不料，可能因为看见我们走出房车，雪豹起身向经幡方向走。我们立即开车过去，它们已经到经幡旁边，我们没有下车，留在车上拍。它们停留了一会儿，又慢慢向山坡上走，在朝阳中走到山坡中部的平台上。

回到营地，能看见两只雪豹待的地方，它们又交配了3次。小雪豹梅朵在营地上方的山坡上看着它们。

一个小时后，一只雪豹不见了，另一只留在一道石头缝中，我们认为是母雪豹。又过了一些时间，它走出石缝，走下平台，进入大流石沟槽，出现在我们这一侧草坡上，走向小雪豹。越来越近，小雪豹没有出来迎接，反而低下身躲在土坑里。

我们搞错了，这是公雪豹，它可能给小雪豹带来致命的威胁！我紧张地透过镜头盯着达瓦，它慢慢从小豹下方20米处走过，而后朝着罗门家的方向

雪豹一家：卓玛王朝

独自挨饿的梅朵

交配中的雪豹不思饮食

雪豹一家：卓玛王朝

夕阳下的雪豹母女

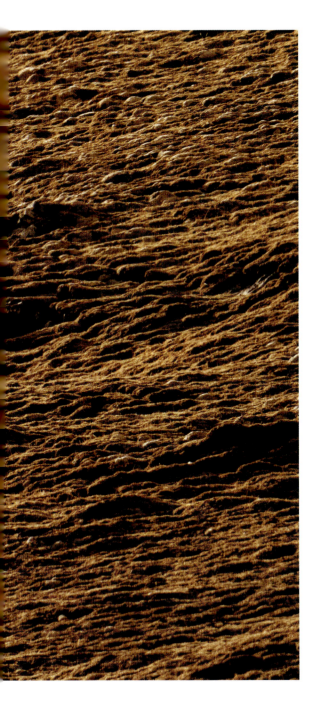

往高处去，在流石滩中休息了一阵，11点多，翻过山顶走了。

我们把注意力集中在小雪豹梅朵身上，希望拍到母女重逢的情景。我们能听到母豹的号叫声，就是看不见它，可能是妈妈呼唤梅朵到岩石堆里去，但小雪豹太害怕了，没敢走动。

难得一见的雪豹交配结束了，我计划明天回成都。12点半，巴勒托开尼马扎巴的车来接我到县城做核酸检测，现在乘飞机，要有24小时内的核酸阴性证明。下午4点半再回雪豹点，邓珠说小豹还在老地方。过了一会儿，他再一看，雪豹母女已经在一起了。我们错过了拍摄它们重聚瞬间的机会。雪豹的行动太隐秘了，一不小心，它们就换个位置。

母女俩向罗门家方向走去，像是要捕猎。然而夕阳之下，它们身形如此明显，被岩羊注视着，根本没有机会。下午6点25分我们离开时，雪豹母女趴在石头堆里，紧紧挨在一起。

踏雪寻豹　　　　　　　　　　　2022年5月

2022年5月16日—5月20日

　　从成都飞玉树到石渠，和尼玛扎巴住进房车。天气预报未来几天有大雪，我估计这是今年春天的最后一场雪了，以后随着气温升高，下雪将变成下雨。在呷依3年了，我还从来没有拍到过一次雪地里的雪豹。这也说明呷依雪豹点是一个适合野生动物栖息的好地方。经常有积雪的地方，是对野生动物生存不利的。

　　此行前3天有雪，没有雪豹。

　　第4天下午，雪豹达瓦出来了，但雪已经化完了。它想捕猎，几只岩羊就在它前面不远处。有段时间只有一只母岩羊在前面，还背对着它，但它迟迟没有发起攻击，最后岩羊跑开了。达瓦走进桥头上方的岩石中不见了。我感觉公雪豹达瓦不是一个好猎手。

　　第5天，不见雪豹踪影。

2022年5月21日

　　第6天，也是此行最后一天。半夜被大风惊醒，风把房车吹得不停晃动，下雨又下雪，地上开始积雪。早上6点起床，雪把山坡盖满了。直接上车往沟外搜寻，没有见到动物，马上又往沟深处走，由于下大雪，我们决定走远些。刚过寺庙的三岔路口，尼玛扎巴看到右面山坡上有头熊，然后又看见两头，共有3头棕熊在雪地里，距离比较远。尼玛扎巴用望远镜搜索，说在前面山坡上还有两头。我们开车往前，却一时找不到熊，只看见路上新鲜的熊脚印。继续往前开，便见两头大熊正在路边一两米的地方，看见有车，一起转身跑开，20米后回头看我们，然后慢慢走上山坡。这时我们

卓玛第二胎——独生女梅朵

达瓦捕猎失败

雪中行走的雪豹

看见高处还有两头熊。在不到1千米的距离内,我们就见到了7头熊。熊是能够给雪豹带来威胁的。

9点回到房车,我正在吃早餐,尼马扎巴看见雪豹了。出来一看,是达瓦,正在桥头左边的山坡上走着,它昨天一整天就在这片区域。达瓦试图靠近雪地里的岩羊群,但在雪地里它的身影太明显,难以得手。它四处走动,时上时下,大部分时间在积雪少的地方走,偶尔进入雪比较厚的地方,最后在山坡很高处的一块大石头旁边趴下睡了。这是我第三次确切观察记录到公雪豹达瓦出现在这一片区域。

有妈的孩子是个宝   2022年7月—10月

雪豹妈妈卓玛在5月初交配，雪豹的怀孕期在100天左右，那么卓玛将在8月中旬产崽。在这之前，梅朵和妈妈在一起是没有问题的。5月中旬到6月初，罗门多次见到雪豹母女，妈妈卓玛隔几天就猎杀一只羊，小豹梅朵经常自己在岩壁上尽情玩耍。

2022年7月13日

山坡下部一群岩羊在吃草、舔盐，邓珠和尼玛扎巴前些时候在那里撒了一些盐。一些公羊不时打斗，用角顶对方，争夺好位置。下午6点半左右，邓珠发现了雪豹，在300米开外的山坡上，好像要捕猎右边的岩羊，但它已经被发现了。7点，雪豹移动到一个土坑里，东看西看。邓珠说这是妈妈，向左看是在找小崽。

2022年7月14日　卓玛领地上的未知雪豹

早上6点出发，我希望雪豹妈妈卓玛晚上捕猎成功，它已经怀孕两个多月了，一定需要更多的食物。8点赶到雪豹点，卓玛带着女儿正在山坡最高处缓慢行走，寻找捕猎的机会。梅朵无忧无虑地跟在后面，妈妈卓玛在山脊驻足观察下面的岩羊，梅朵走上去，两只前脚踏在妈妈的背上，让我有机会拍下了母女在山脊上的剪影。片刻之后，它们消失在山脊背后，也许卓玛已经选好了捕猎的路线。

梅朵这时还不知道，妈妈产崽后，会专心照顾新的幼崽，不会再让它靠近。梅朵刚刚一岁，完全不会捕猎，它能活下来吗？我们真为梅朵担心。

下午2点在车上昏睡一小时，醒来继续向沟深处寻找，那里有很多岩

山脊上的雪豹母女互动

羊，位置很高。又到兔狲窝处查看。这里有一窝兔狲，是妈妈带着4个幼崽，离路边70米左右。它们就在这一片区域不停变换位置，我们几乎每天都能见到。不过今天没有见到兔狲，可能在睡觉，兔狲也是喜欢在黄昏前活动的动物。

把车掉头往回，刚走不远，听见河对岸一只旱獭在报警，声音很响，紧接着它便钻进洞里了。我还在奇怪，只听邓珠喊，雪豹！雪豹！定睛一看，一只雪豹就在我们车对面五六十米处的草坡上。这是一只我们不熟悉、不太确定性别的未知雪豹，有可能是拉姆的哥哥，它生活在这片领地的边缘，偶尔出现一次。

它身上的毛很杂乱，像刚从水里出来，可能刚才蹚水过的河。它慢慢朝小桥方向走，先往下，在石头下方磨蹭头部标记领地。然后往上走了好一段，再掉头斜向下走，趴下观察旱獭，几分钟后小心翼翼匍匐前进，进入偷袭的预备状态。它向下跑了一段，进入一个沟槽不见了。我们等了一会儿，没有动静，这时候对面一辆车开来，路过它消失的位置，依然没有动静。我们驱车上前，发现它趴在灌木丛后面，死盯着坡下10米左右处的一只旱獭。旱獭直立，不停发出报警声，雪豹一动不动。半个钟头后，旱獭放松了警惕，开始在河边吃草。雪豹刚刚轻轻动一下，就又被旱獭发现了，几只旱獭一起猛叫。

又过了几分钟，雪豹起身，伸了个懒腰，放弃了捕捉旱獭的意图。它沿着贯穿山坡的沟槽向山顶走，我给这个地方起名叫"弯弓槽"，我们多次观察到雪豹在这个沟槽里上下移动，靠近猎物。雪豹慢慢往山坡上走，走十来步就停下来休息一会，四处观望，像是在找猎物。它走路时张着嘴巴，像是很累的样子。也许是它的捕猎本领不强，已经很长时间没有进食了。

试图伏击旱獭的未知雪豹

● 雪豹换毛

雪豹也有冬装和夏装。雪豹是所有猫科动物中毛最长、最密的。每平方厘米皮肤长有4000根毛,绒毛和针毛比例约为8∶1。冬季绒毛柔软,长而厚实,保温效果极好。背部毛长50毫米,腹部毛长达120毫米。夏季环境气温高,雪豹会脱毛。夏季的毛发较短,背部毛长25毫米,腹部50毫米。仅仅是脱毛和毛较短,有时候还不能解决散热问题。在高温的夏季,经常会看到雪豹张嘴走路或休息,它们需要通过呼吸来散发热量(这种现象在狗身上很常见),以维持体温在合适的范围。

实在太热,雪豹也会到河里洗澡,我没有见到过,才仁尼玛说他见到过一次。夏天比较难见到雪豹,体温调控是一个重要原因。在夏季白天强烈的阳光下,地表温度可以到30摄氏度以上,雪豹的身体结构(厚厚的皮毛)是不适应高温环境的。雪豹的对策是白天躲在阴凉处,主要是山的阴面和晒不到太阳的地方。待在更高的地方,温度就会更低。从山脚下观察者的角度,多是视线死角。另外,它们更趋向在温度低的傍晚和夜晚出来活动。

● 旱獭

旱獭是动物中的语言大师,是我们找雪豹的好帮手。

在青藏高原，旱獭被称为"雪猪"。当你听到旱獭"唧唧唧"猛叫时，一定是有什么食肉动物出现了，可能就在附近，也可能在1千米以外的地方；来的可能是雪豹、猞猁、兔狲、狼、藏狐、赤狐、金雕、棕熊、獾、狗……几乎所有的大型和中型掠食动物都是旱獭的敌人。旱獭要随时随地警惕注视着周围。

旱獭好像会针对不同的威胁发出不同的报警，从而把具体的危险或者安全的信息告诉同伴。旱獭会用语言交流吗？这是一个很不简单的问题。主流的观点认为语言是人类独有的，是人类和动物的最后分界线。1973年诺贝尔奖获得者康拉德·洛伦茨就认为，动物发出的声音是先天的、本能的。人类的语言要通过后天学习获得，只有人类能够用语言交流。

现在更多的观察和研究让这个界限变得模糊了。旱獭之间的交流就是一个例子，科学家做了深入的研究。土拨鼠这个名字，大家都听说过，但它不是十分明确的概念，有时指旱獭，更多时候指北美的草原犬鼠，它们同属地松鼠族，是近亲。它们的形态和行为都很相似，包括报警的尖叫。

美国科学家斯洛博奇科夫博士（Dr.Con Slobodchikoff）对草原犬鼠的报警声音进行了深入研究，得出了惊人的结论。他发现草原犬鼠的语言系统中包括名词、动词和形容词，它们可以相互告知是哪一种掠食者正在靠近——是人、老鹰，还是狼或狗等；还能告知来者的速度、方位等，甚至包括人是空手，还是带着枪。他还发现

警惕的旱獭

草原犬鼠能分辨出家域附近具体的掠食者个体，并通过声音告诉同类。旱獭很大概率上也具有同样的语言天赋。

西班牙科学家费兰迪斯-罗维拉（Ferrandiz-Rovira）从2011年到2017年对阿尔卑斯旱獭进行研究，发现不同旱獭群落有各自的报警"方言"，其他群落中的个体只能知道有同类在报警，但不知道报警的细节，比如究竟是狼来了还是金雕来了，而同属一个群落的旱獭，知道警报的具体内容。

人们好像还没有发现其他动物有旱獭和草原犬鼠这样高的交流水平，它们的语言能力或许仅次于人类，比人类的近亲灵长类动物都强。这是为什么呢？科学家解释这是生活所迫。几乎所有的掠食动物都吃旱獭和草原犬鼠，包括人类。而它们的洞穴又是固定的，这让它们极易被捕杀，不得不进化出良好的交流系统，成为动物界的语言大师。

动物的一切行为都是为了生存繁衍而演化出来的。"语言"沟通能力只是一方面，旱獭发现敌人的高超能力更是它生存的基础。这主要得益于三个方面。第一，它们的眼睛长在头两侧，视觉是全景式的，只有身体正后方一小块盲区；第二，它们视力总是很好；第三，动物观察世界的方式和人类大不同，它们是直接观察细节，而人类大脑会自动整合过滤信息，形成整体概念，容易忽略细节——这也是为什么人眼更不容易发现轮廓线被毛皮上斑纹打碎的雪豹。

2022年7月16日　**达瓦和卓玛、梅朵在一起，为什么？**

早上6点出发，刚一进沟，就看见兔狲一家。我们去沟里找雪豹。岩羊群很紧张，排成一条直线，这让我们确定附近有雪豹，仔细观察半个小时，没有发现。开车往回走，转过一个弯，看见尼玛扎巴的客人架起相机站在路边，说上面有3只雪豹，两只钻进400米开外的石堆里了，另一只翻过山脊了。

下午6点半，小雪豹梅朵首先从岩石堆的左面出来，往山坡下走，很快看不见了。我们扛起相机跟过去一段路，但还是找不到它。邓珠开车向前几百米才发现它，并没有向下走多远，只是被起伏的地形挡住了。一会儿，梅朵往回走，我扛着相机紧紧跟着，见小雪豹在往右走，更右边的地方，一只雪豹迎着梅朵而来，再一看，后面还有一只。

小雪豹和妈妈走到一起，碰头、互舔、拍打，很亲热。雪豹妈妈卓玛不让另一只雪豹靠近梅朵，我们这才看清，那是和卓玛交配过的公雪豹达瓦！母女走了一段。达瓦先是趴在地上不动，过一会儿跟上来，卓玛迎上去，像是不让它靠近小豹。

达瓦独自向前走，母女又远远跟着它。达瓦走到那一片区域高处最大的石堆后面不见了，几分钟后，雪豹母女也过去了。等了半个小时，没看见它们出来，再用单筒望远镜找，它们已经上到更高的流石滩中了，离我们500米以上。更上面的山脊上有岩羊群。

公豹和卓玛母女在一起，为什么？是想杀死小豹？不太像。是领地太小，它们变得有点像群居动物了？我觉得这种可能性更大。

还有一个问题，我们很想知道答案——梅朵的父亲是达瓦吗？在呷依这个封闭的区域，这是很有可能的。我希望通过收集这个区域的雪豹粪便，请科学家进行DNA测试，也许能看出这些雪豹之间的亲缘关系。

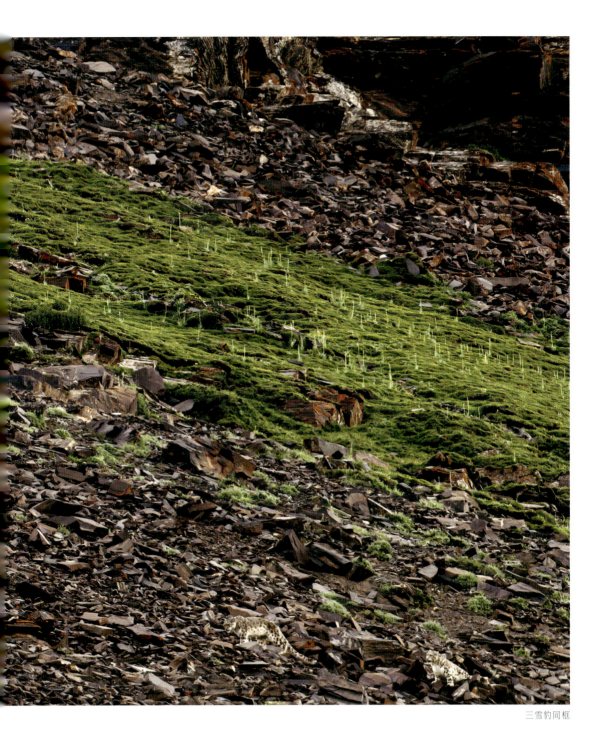

三雪豹同框

2022年7月22日　猫猫相食

邓珠和尼马扎巴正带一位客人在看路边的那一窝兔狲，现在只剩下3只幼崽了，不知道另外一只兔狲宝宝遭遇了什么。

下午，一只雪豹出现在远处的山坡上。它缓缓下坡，走到兔狲窝左边的沟里，然后向右，来到兔狲窝上面的山包顶上。邓珠以为它要捕兔子，不料它突然冲向兔狲妈妈，兔狲妈妈瞬间逃进一块大石头下面的洞里，但洞口太大，雪豹把头也伸了进去，摇摆几下，咬着兔狲妈妈的脖子出来了，然后把兔狲妈妈拖到山坡上的石头堆里吃掉了。

这是一只未知的雪豹，很可能与前几日试图捕捉旱獭的是同一只。它出现在这片靠近路边的低矮山坡，大概是因为它的捕猎能力不强，山坡上的旱獭会比岩羊更容易抓到一些，不想它意外发现了和旱獭个头差不多的兔狲。兔狲的巢穴基本固定，兔狲的防御能力又比旱獭差很多，对这只雪豹来说，是很好的捕猎对象，那只消失的幼崽很可能就是被它吃掉了。

邓珠和尼马扎巴看到这场景很伤感。他们想救助失去了妈妈的3只小兔狲，为此咨询了动物园的专家，没有好的方案。后来他们俩自己想出了一个好办法：到公路上去捡被车撞死的鼠兔，投喂小兔狲。他们把房车拖到兔狲窝的对面，日夜守候在那里。还会每天开车到柏油和水泥路上捡几只鼠兔，邓珠爬上山坡，扔到小兔狲的洞口边，人离开后，小兔狲会出来把鼠兔叼进洞里吃。看来这个原地救助方案是成功的。但几天后又一只小崽不见了，是自己走掉了，还是又被雪豹吃掉了，我们不得而知。邓珠和尼马扎巴投喂了两只小兔狲19天，直到它们离开洞穴不知所踪，大家也不知道它们能否靠自己活下来。

2022年8月4日　和谐共处的三雪豹

邓珠和尼马扎巴陪旅客去看雪豹，客人高原反应严重，下午就离开了。邓珠他们留下继续观察。

卓玛第二胎——独生女梅朵

雪豹杀死兔狲妈妈 泽仁邓珠摄

卓玛带着梅朵，早上7点就出现在五块石上方，两个小时后，消失在山坡更高处的乱石堆里。白天一直有观看雪豹的客人，直到下午4点多才离开。

下午5点19分，雪豹母女回到五块石上面。下午5点34分，卓玛先走了下来，来到离路边50米的地方，那里有一只被猎杀的公岩羊，应该是夜里或早上被杀的，早上人类到来之前，雪豹已经吃过一顿了，见人到来，它们就上山了。

5分钟后，梅朵也跟了下来，和妈妈一起吃岩羊。进食的过程中，它们不停地四处张望，好像附近有什么事情让它们紧张。

下午5点41分，公雪豹达瓦出现，可能是来吃白食的。达瓦靠近的时候，雪豹母女离开，走上山坡。达瓦到岩羊处嗅了一下，并没有吃，而是走向雪豹母女，与它们互动。其间，小雪豹梅朵迎向达瓦，做出威胁的姿态，达瓦向梅朵龇牙皱鼻号叫，梅朵马上背部着地表示屈服。雪豹妈妈也迎向达瓦，好像是警告它离小雪豹远一点。达瓦也做出威胁的表情，但没有打斗。后来，达瓦来到了母女身旁，舔卓玛的脸，小雪豹在另一边舔妈妈的脸，让人感觉它们在一起很和谐温馨。

下午6点19分，雪豹母女回来继续进食岩羊肉，直到天色渐暗，邓珠和尼马扎巴离开。他们猜测公雪豹最后也分享了岩羊。

这是我们第4次观察到公雪豹和母雪豹、小雪豹在一起。原因我们不清楚，最有可能是为了食物。2022年5月下旬，我曾见到达瓦试图捕猎，但3天下来，它完全没有找到机会，给我的印象是达瓦的捕猎能力不强。后来有人拍摄到达瓦掏了桥头岩壁上大鵟和雕鸮的窝，吃掉了大鵟雏鸟和雕鸮的蛋，这些可以进一步说明，达瓦捕杀岩羊等常规猎物的能力不如意。

卓玛第二胎——独生女梅朵

达瓦和雪豹母女　泽仁邓珠摄

- **雪豹表情**

乔治·夏勒在《塞伦盖蒂的狮子》一书中描述了狮子的各种表情，并提到其他科学家的研究显示，猴子、猿类和食肉动物的面部表情在很多方面相似。我观察记录到了一些雪豹的面部表情，和夏勒描述的狮子的表情基本相同。雪豹表情分为进攻性表情和防御性表情。进攻性表情是耳朵竖起，两眼直视，嘴巴紧闭，全神贯注；防御性表情是龇牙咧嘴、皱起面部。最常见于表示威胁时，在达瓦和卓玛交配中的追逐和对峙过程中，出现过很多次。我还见到一只小雪豹在河边喝水后，对人类做出类似的表情。

2022年8月22日　妈妈不分辨自己的孩子

中午饭后从石渠县城出发，先去长沙贡玛，一路上什么动物也没有遇见。下午4点到呷依雪豹点，岩羊还在沟里远端很高处。下午6点半，准备最后转一圈就收工。在向沟外走的路上，邓珠发现动静，喊我看。只见远处山坡中部有一群小东西在向下跑，卷起一阵尘土，先以为是藏雪鸡，因为昨天我在那里看见了一群藏雪鸡。随后邓珠用望远镜仔细观察，说是兔狲，一群兔狲，数下来一共8只。

怎么会有这么多兔狲？我一下就明白过来：这是一只兔狲妈妈带着7只幼崽。母兔狲有6个奶头，通常幼崽的个数不会超过妈妈的奶头数。现在看到的这一群8只兔狲，一只是妈妈，5只是妈妈的亲生小崽，另外两只则是那失去妈妈的两个幼崽，它俩个头大一些，按邓珠发现两窝兔狲的时间差算，大约早出生15天。

雪豹的防御性表情 泽仁邓珠摄

新的兔狲大家庭

这真是一个惊喜，两只小兔狲被另外一只兔狲妈妈收留。我估计是第一次有摄影师拍摄到这么多兔狲在一起。当然，确认两只小兔狲活下来了，也是一件让人非常高兴的事情。

为什么兔狲妈妈会接纳两个不是亲生的小崽？我猜测是兔狲妈妈分辨不出亲生和非亲生。猫科动物绝大部分是独居的，它们不需要识别同类个体的能力。甚至群居的狮子，狮子妈妈也有认不出自己幼崽的情况，乔治·夏勒在《塞伦盖蒂的狮子》一书中就谈到这个现象：两只母猎豹带着各自的幼崽相遇，结果幼崽混在一起，母猎豹明显分辨不出哪只小猎豹是自己的，哪只不是自己的。到了晚间，母猎豹才各自带着自己的小崽离开。怎么办到的，不知道。

2022年10月8日　第一次记录姐妹在一起

8月下旬拍到8只兔狲后，疫情在青藏高原全面暴发，石渠也全面封闭。邓珠本想连夜开车送我回成都，结果被卡在出石渠的边界，被迫在车上睡了一夜。第二天晚上才想办法回到县城，在尼玛扎巴开的高原阳光酒店住了一个星期，天天测核酸。9月1日飞回成都，在小区被封闭前几个小时回到家中。

罗门他们每年6月20日必须离开冬季牧场（呷依的河边雪豹点那一区域），去60余千米外的夏季牧场，9月中旬才能返回。所以有一个多月时间，没有人来观察雪豹。

10月7日中午，罗门回来后第一次看到雪豹姐姐拉姆在试图捕猎。8日上午9点50分，拉姆守护着一只被杀的岩羊，狐狸、狼、乌鸦、秃鹫都来了。10点半，拉姆放弃食物，在离开的路上，不停发出号叫。10点50分，妹妹梅朵出现，它应该也吃饱了，姐妹一起跑向桥头上方的岩石堆中。

这是第一次记录到拉姆和梅朵两个同母姐妹在一起。后来我们很多次拍到姐妹俩在一起。它们在一起时,姐姐拉姆多次发出呼唤,声音可能是它们之间重要的沟通工具。

这个时候,雪豹妈妈卓玛肯定已经产崽,在育幼了,应该不会让其他任何雪豹靠近幼崽。我们之前一直很担心二胎女儿梅朵失去妈妈的照顾怎么生存,现在我们的担心终于消除了,它得到了姐姐拉姆的照顾。

雪豹姐妹在黄草地奔跑 罗门摄

● **姐姐养育妹妹是独特而新奇现象**

拉姆收养梅朵,是非常独特的新奇现象,对理解雪豹这个物种有科学价值。我不知道该用什么术语来描述这种关系。在爱德华·O.威尔逊(Edward O. Wilson)的《社会生物学:新的综合》(*Sociobiology: The New Synthesis*)中提到一个概念叫"异亲抚育",就是其他社会成员帮助亲本抚育子女。异亲抚育通常限于高级动物社会,在至少60种鸟类,以及海豚、非洲象和亚洲象中有过报告,在灵长类动物中最为普遍。用这个词语描述拉姆收养梅朵或许比较合适。

食肉动物中有两种情况,类似于异亲抚育。

在犬科动物中,黑背胡狼被认为最具社会性。雄性和雌性胡狼会结成一对,在保持合作关系的同时形成一个以家庭为单位的群体,从而过上稳定的生活。它们有一个特征,子女中的一只在经历11个月的时间成年后,并不会立刻进行繁殖,而是继续留在原来的家族群中1年时间,以帮助父母养育自己的弟弟妹妹。这些年轻的胡狼被人们称为"帮手",它们在族群中扮演着重要的角色。帮手不仅可以在父母外出狩猎的时候照顾幼崽,还可以帮助处于哺乳期的狼妈妈运送食物。因为有帮手的存在,幼崽的存活率得以提高,而对于帮手自身来说,这也意味着自己的遗传基因更容易被留存下来。

在社会性程度很高的狮子中,雌狮之间所表现出的合作程度,在哺乳动物中仅次于人类。泌乳期的雌狮允许其他雌狮的幼崽吮吸。

　　胡狼的"帮手"和拉姆的行为有些许相似之处，但还是有巨大的不同，毕竟胡狼是社会性动物，与雪豹这种独居动物有根本性的区别。

卓玛第三胎　　再育两幼崽，拉姆兼母职

初见母子仨   2022年11月—2023年1月

我们观察到雪豹妈妈卓玛在2022年5月初和达瓦交配了5天,想必是怀上新的一胎了。10月底,罗门、邓珠、尼马扎巴等人偶尔看见卓玛出来,但一直没有看见它带幼崽出来。去年卓玛带梅朵出来是10月23日,其他地方雪豹9月底就带幼崽出来活动。他们怀疑是不是小崽出问题了,如被金雕等吃了、被熊掏了窝……我坚信不会发生这样的事情,因为卓玛太能干了,头一胎3只幼崽都带大了,二胎梅朵也带到1岁多。

2022年11月15日

11月13日邓珠来电话说,雪豹妈妈卓玛带今年的两只小幼崽出来了,猎杀了一只公羊。当天还看见了2021年出生的二女儿梅朵和2019年出生的大女儿拉姆。14日罗门打电话报告,棕熊抢了岩羊,雪豹妈妈和幼崽不在那里了,他拍到了熊吃岩羊的视频。

15日,我坐上8点45分川航飞甘孜格萨尔机场的航班,正点到达。下午4点半就和邓珠赶到呷依,棕熊还在守着岩羊进食。

开车去河边观察点的路上,邓珠看到左上方很高处的岩石堆里有东西跳了一下不见了,旁边没有岩羊,他觉得是雪豹。到河边观察点,架起单筒望远镜,邓珠先看见一只小雪豹,然后是另一只,最后看见雪豹妈妈。它们离熊约300米远。两只小崽紧紧挨在一起。天色已晚,我们决定明天一早再来。

2022年11月16日

早上6点出发。下午4点多,在老地方发现雪豹,距离我们有500米远,拍到下午5点多,感觉那里应该发生过猎杀,不然它们不会停留那么久。放飞无人机上去，看见岩石下我们看不见的地方有一头死岩羊，还没被吃掉多少。雪豹妈妈卓玛的捕猎能力太强大了！14日上午，它们的岩羊被棕熊抢了，当天晚上它就在不远处又猎杀了一只岩羊。

2022年11月20日

　　雪豹母子在那里吃了4天岩羊，19日一早离开，进入山坡高处的乱石堆里睡觉，快天黑时，它们起来向右走。小豹在流石滩中行走很困难，妈妈不断停下来等它们俩，一起翻过山顶的流石滩后不见了。

　　到下午6点也没有见到雪豹的身影，这几天熊多，我们决定早点收工。当我们走到山沟出口处，邓珠将车停下来，看了一下说，雪豹一家在这里！

　　雪豹母子在离路边不到100米、高40米的陡峭坡顶上，那里是这条沟右侧山脊的起点。卓玛和一只小雪豹很清楚地出现在山坡顶上，另外一只小雪豹只露出了半个头。

　　我小心地从背对雪豹的一侧下车，蹲在车旁边手持相机拍摄。拍了一会儿，上车，把车往后倒了一些，希望有更好的角度。雪豹一家也不动，就静静地看着我们。邓珠提议我架三脚架，然后他把车开到山坡的另外一面去，也许雪豹会起身走动，给我们更好的拍摄机会。我觉得这个主意不错，再次从远离雪豹的一侧悄悄下车，架好三脚架，坐在地上，藏身三脚架和相机背后，这样雪豹就看不出有一个人在这里。果然，邓珠开车走后，卓玛还是看着我这里，但是没有警惕感，它可能有点奇怪，那是一个什么东西？

　　邓珠把车绕到山坡另一面，一会儿卓玛和小雪豹都把头转到山那面，显然邓珠吸引了它们的注意力。

　　我在路上等着，过了十几分钟，卓玛起身往山坡上走，两只小崽没有跟上去。妈妈走了20多米远，在稍微高一点的地方停下来，然后回头看着两只小雪豹。又过了十来分钟，卓玛往回，在深蓝色天空的衬托下，顺着山脊走

卓玛第三胎——再育两幼崽,拉姆兼母职

沟口矮岩顶上的母子仨

到两只小雪豹身边。这时天已经几乎全黑，到我们离开时，它们还一直停在那里。我们估计雪豹一家出现在沟口，是要离开这里了。这片区域熊多、雪豹多、人多，它们应该不喜欢，但冬季岩羊集中在这里，只有吃羊的时候，妈妈才会带幼崽回来。现在，它们要去下游雪豹点。

2022年11月22日　**拉姆守羊**

下午到呷依河边观察点，还没有几分钟，罗门的二儿子甲花气喘吁吁地跑过来，我们知道他一定是看见雪豹了。果然，在他家不远的坡上不到200米的地方，一只雪豹正守着一只岩羊。多久了，我们不知道，也许是昨天晚上就杀了，一直守着吃。我们往往把寻找雪豹的注意力放在高的地方，却忽视比较近的地方。

拍摄了一阵，通过照片看到，这只雪豹张开嘴时，上面两颗犬牙是齐全的，脸上有些红色，是大女儿拉姆。估计梅朵也在附近，但是天快黑也没有出现。

2022年11月23日

早晨7点出发，9点到达呷依。还是只看见一只雪豹守着，没有看到期望中的梅朵。一会儿罗门过来，说清晨看见一只雪豹走上山坡，消失在石头堆里了。看来姐姐拉姆更珍惜食物，毕竟是它好不容易猎杀的。

一只胡兀鹫在天空上盘旋，飞得很低，拉姆起身跑向岩羊，望着天空。我们一直守候到晚上6点，另外一只雪豹也没有出现。我们决定明天早上6点出发，天亮前就到这里，看能否看到两只雪豹在一起。

2022年11月24日

早晨6点出发，8点半就到达呷依，还是只有一只雪豹。这让我们很困惑，小妹妹梅朵去哪里了呢？

2023年1月26日　公羊围堵受伤母羊

1月24日正月初二，邓珠开车从成都出发，25日到甘孜格萨尔机场接我，再到石渠。正月初五，早上7点40分出发去真达方向，那边也没有雪，没有收获。

下午到呷依桥边，一群岩羊在路边不远处，垂直的岩壁上有很多公岩羊，岩壁底部有一只母羊，走路一瘸一拐。它右后腿受伤，应该是被公羊追下悬崖受伤的，这几只公羊都想和这只母羊交配。

公羊之间应该是产生了小小的争斗，时间很短，并不激烈。母羊慢慢沿陡直的岩壁往上走，又被上面的公羊拦住交配，它甩不开这些公羊，看起来好可怜。

其他岩羊四处分散开，有些到了山沟深处。昨晚雪豹应该出现过。

这是我记录到最晚的一次岩羊交配。岩羊的孕期为6—7个月，这只母羊的幼崽会在7月底出生，这是很不妙的情况。大部分岩羊幼崽都会集中在一个时间段出生，这样幼崽有更高的存活概率。

2023年1月27日

雪豹应该没有来过。那只受伤的母岩羊还在，孤零零一个，公羊都不在了。如果有雪豹和狼来，它肯定跑不了。

2023年1月28日

受伤的母羊还在，雪豹还是没有来过。

未来几天依然是大晴天,我们估计一部分岩羊到山对面的沟里去了,那里的草更多一些,因为山高路远,牦牛去得少。有岩羊的时候,雪豹也会待在那里,毕竟那里远离人烟。只是在下雪的时候,那些地方会积雪,岩羊便会回到雪豹观察点这一片正阳坡来。

回想起来,这是一个规律,下雪后见到雪豹的概率高很多。

另一个时间段,每年6月,新草最早在正阳坡长出来,会吸引岩羊过来,而且6月是岩羊的产崽时间,雪豹会尾随而来。

我决定不再坚守,29日回成都,等下雪后再来。我托邓珠每天都去看看那只受伤的岩羊。

几天后,邓珠告诉我,那只母羊活下来了,它的腿伤好了,一大群岩羊过来,它加入其中,应该是比较安全了。

公羊为了交配堵截受伤的母羊

大姐当母：拉姆养育妹妹梅朵　　　　2023年2月—3月

2023年2月13日

2月13日，邓珠拍到雪豹姐妹在桥头上面第四台阶的岩壁上，如果外人不知道，还会以为它们是母女。过去卓玛就经常带着梅朵在这一片岩壁上活动。看来大女儿拉姆带着梅朵占据了这一片区域，并长期固定停留在这里。而妈妈卓玛为了新一窝幼崽的安全，到其他地方去了，让出了这个黄金区域。

姐妹俩卧在相距不远的地方，眼睛在环境的映衬下泛着琥珀色的光，紧紧注视着山下的人们。

2023年2月24日　拉姆发情交配

2月22日，邓珠发来图片，说是正科乡地理孔村的监控相机拍到云豹。呷侬没有见到雪豹，但第二天可能下雪，会再去观察一天。23日，邓珠来电话说，看见两姐妹和公雪豹达瓦，在很高的地方，他准备明天去地理孔村看云豹的照片，安排更多的监控相机。我起先也对云豹的事感兴趣，转念一想，这个季节公雪豹和母雪豹在一起，可能是要交配，拉姆已经3岁多了，肯定已经性成熟了。于是赶忙打电话给邓珠，问他两姐妹和达瓦是不是在一起，回答是在同一片区域。我告诉邓珠不忙去地理孔村，继续关注雪豹。

到了24日，达瓦和拉姆果然在五块石中交配了，梅朵在旁边看。只交配了一次，达瓦就翻山走了，我觉得这还是在交配初期，没有幼崽的牵挂，雪豹的交配不会固定在一个小范围，托邓珠继续追踪。26日，尼玛扎巴来电话，他也拍到达瓦和拉姆交配。

高崖上的姐妹　泽仁邓珠摄

拉姆发情,梅朵在不远处守望 泽仁邓珠摄

2023年2月27日　拉姆雪中捕猎

我从成都乘飞机赶往玉树，希望达瓦和拉姆的交配还没有结束。飞机正点，下午6点到呷依，那里已经有旅客架着相机拍摄。

他们早上就见到了雪豹姐妹，妹妹梅朵往山上走，进入石头堆里不见了，姐姐拉姆正从高处台阶的大石壁下方，向右边山坡上一大群岩羊慢慢靠近，岩羊数量超过100只。它小心翼翼、走走停停，来到离岩羊群还有10米左右的地方，高速冲了出去，扑向一只小羊，前掌挥向小羊，碰到了，但是没有抓住。它继续朝羊群猛冲，上百只岩羊一哄而散，一只也没有抓住。它追向坡下的岩羊，岩羊比它跑得更快，拉姆只好放弃，停下来喘息。

看来拉姆的发情交配已经结束。根据我们2022年5月的观察情况和资料记载，雪豹在交配期间是不会捕猎的。

2023年3月1日

上午11点多，在有兀鹫窝的高大岩块中看见了雪豹，是拉姆。它一会儿起身张望，一会儿又卧下，我们赶紧去罗门家吃中午饭。刚吃完，对讲机中传来消息，拉姆正往五块石旁的岩羊群方向走，我们赶紧开车过去。

拉姆埋伏在白雪里。一小群岩羊慢慢走近，但始终没有靠得很近。岩羊知道它在那里，很警惕，看一会儿就慢慢走开了。一大群岩羊在它的左下方，一小群在它的右下方。下午3点16分，拉姆开始向右下方的岩羊靠近，消失在雪地里不见了。十几秒后，它发起突袭，冲向右下方的小群岩羊，不料踩进大雪坑里，雪花四溅，大大降低了进攻速度。岩羊向左面山坡跑了，它又猛追了一段，无法追上，停在五块石顶上休息。

一个多小时后，拉姆又向左边的大群岩羊靠近，岩羊看见了它，离得远远的。它一动不动等了一个多小时，见岩羊没有过来的意思，起身往回走向"鸟屎岩"方向，我估计梅朵在那里。从这几次拉姆捕猎的情况看，它的捕

踏雪出击

猎技巧还不是很好。

在路途中，拉姆突然在雪地里打滚两次，好像童心未泯，小朋友一样在雪地里玩耍。它继续向右走，过了桥上方的沟槽后便不停地号叫和观望，应该是在喊妹妹梅朵。我们已经多次观察到姐姐呼唤妹妹的情形。

下午6点半，我们正在拍摄拉姆寻找妹妹梅朵。罗门的对讲机响了，他的大儿子土登在沟里面山坡高处放牛，看见雪豹妈妈卓玛带着两只幼崽，我们开车赶过去。

卓玛带着两个小崽在山坡很高处，离道路有500米远。大雪几乎把整个山坡都覆盖起来了，只露出少许岩石。它们就坐在突出的岩石上，不时向山坡左侧上方观望。难道另外还有一只雪豹吗？雪豹妈妈有时也看看我们，等了十几分钟，它们没动。我让邓珠把车开走，自己躲在路边沟里，在相机后面观察。没有用，车走了，它们还是不动。

20分钟后，邓珠和罗门开车回来。奇怪，他们刚回来，雪豹就起身了。卓玛领着孩子们向右下走，在厚厚的雪地里，小雪豹走起来很挣扎，妈妈不得不停下来等孩子们。它们在露出积雪的岩石上歇息几次。向右走一段后，径直往山坡下走，对着我的位置而来，在一个大沟槽边缘停下脚步观望。这时快晚上8点了，天色已经很暗，通过相机还可以勉强看见它们，但用肉眼看时一片黑。我们决定收工回县城。

● 为什么叫雪豹

遗传学表明，雪豹归为豹属，和虎的亲缘关系最近。

雪豹的名字应该是从它的英文通用名Snow leopard（Snow 雪，Leopard 豹）直译而来的，中国古籍中没有这个名称。雪豹在中国民间俗名为艾叶豹、荷叶豹、银钱豹、斯（藏语）等。

国外最早描述雪豹的是法国博物学家布丰（Georges-Louis Leclerc de Buffon, 1707—1788），他把雪豹定名为l'Once（古法语），一种与猞猁相关的动物。查阅资料和网络，没有找到雪豹的这个英文通用名称的出处，但可以猜测,取这个名字的人，一定是把这种动物和雪紧密联系在一起的。许多中外科普资料都会如此介绍雪豹：一种大型猫科食肉动物，高山生态系统旗舰物种，因其在雪线和雪地附近频繁活动而得名。这个解释应该与事实相差不大。

的确，雪豹在雪地里显得最漂亮。

那么雪豹喜欢雪吗？这个问题相对复杂。

雪豹生活的高海拔地区经常下雪，雪豹对雪有很好的适应性。但我相信雪豹并不喜欢雪。在被积雪完全掩盖的地方，雪豹的猎物们也无法吃草，会饿死。每次大雪灾，都会发生食草动物死亡的情况。

2023年3月，连续几天下雪，雪豹妈妈卓玛带着它第三胎的两只幼崽从高处走下来，两只幼崽在积雪中挣扎着行走，不得不常常停在裸露的石头上休息。它们不喜欢到山坡的低处去，那里靠近人类，还有它们不想遇到的同类。对独居的雪豹而言，同类对幼崽可能是极大的威胁。但它们别无选择——在完全被积雪覆盖的地方，雪豹也无法生存。

人们会想，雪豹生活在常年积雪的高原，又进化出不同于其他猫科动物的灰白保护色皮毛，

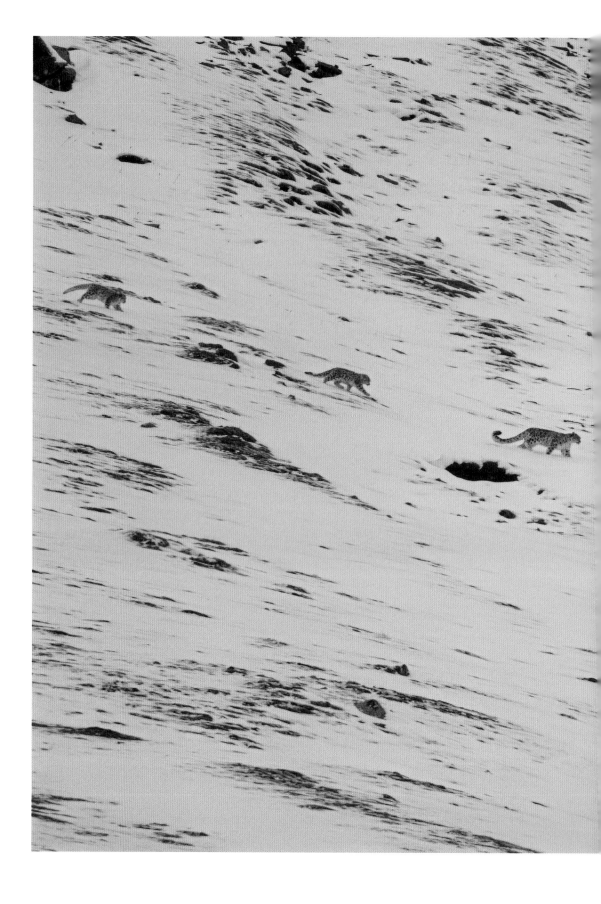

雪地中的卓玛三胎母子

一定是为了在白雪中隐藏自己吧。其实雪豹身上呈现灰白底色加少量环状斑点，更适合隐蔽在高山裸岩中。

下雪对雪豹捕猎的影响也很大，大概会让雪豹又爱又恨。它们喜欢在下雪的时候捕猎，因为下雪时能见度低，有利于偷袭猎物。2022年2月，我在昂赛大猫谷，下大雪的两天时间里，见到雪豹猎杀了3头牦牛，1只岩羊。但厚厚的积雪也可能成为捕猎障碍。雪豹在雪中很显眼，难以隐蔽地靠近猎物进行偷袭，只好从很远处发起攻击。积雪还会影响雪豹的速度，就像拉姆在积雪山坡上试图捕猎的那次一样，它在全速追击的过程中踩进了一个大雪坑，雪花飞溅，拉姆奋力腾跃出雪坑，无奈速度已经掉了下来，让岩羊逃脱了。

2023年3月3日　拉姆偷袭不成功，梅朵旁观

下午3点到雪豹点，尼马扎巴和罗门站在桥头，架着相机，肯定是看到雪豹了。一问，果然是拉姆又尝试捕猎了一次，没有成功，返回山坡高处去了。

等了一个多小时，邓珠发现了雪豹，正在向右下方一大群岩羊靠近。它小心翼翼地靠近，花了很长时间。岩羊似乎是知道雪豹在，有几只始终盯着它的方向，还有几只从雪豹下方十几米的地方紧张地通过，都是母羊和小羊，雪豹没有攻击。岩羊大部队没有跟过来，而是慢慢向山顶走去，离雪豹越来越远了。等了一会儿，雪豹沿着"弯弓槽"跟了上去，但还是没机会。

2023年3月5日

下午5点多，木玛发现桥头上方山脊上有一只雪豹，往山下羊群走去。我们开车过去，雪豹拉姆已经沿"弯弓槽"来到岩羊群附近，但岩羊还不在攻击距离内。它埋伏着，希望岩羊群靠近，这时雪豹梅朵出现在岩羊群正上方，很明显地坐在草地上，没有攻击的意思。它们并没有相互配合捕猎的行为，妹妹坐着，可能是在学习姐姐怎样捕猎。

岩羊群很大，保守估计有300只以上。它们已经看到两只雪豹了，也不走开。在看到雪豹的情况下，岩羊是完全有信心逃脱攻击的。对岩羊真正的威胁是被没有看到的雪豹伏击。所以，成群结队很重要，群越大，眼睛越多，越容易发现雪豹。

有一点可以肯定，姐姐拉姆已经好几天没有捕猎成功了。

2023年3月9日　姐妹雪地捕猎

邓珠去雪豹点观察。下午，大雪纷飞，山坡上覆盖了厚厚的一层积雪，只有一些突出的石头露在外面。

岩羊群的位置很低，有好几百只，在山坡的下部。下午6点10分，邓珠和罗门发现雪豹妹妹梅朵出现在五块石顶上，它在观察下方的岩羊群。几分钟后，梅朵来到岩石底部等待。6点19分，梅朵冲向岩羊群，这时它离岩羊群至少还有100米远。在厚厚的雪坡上，梅朵踉踉跄跄往右下方冲。岩羊早就看见它了，开始没有动，等梅朵跑到距离羊群还有40多米时，上百只岩羊挤在一起向左面跑去，离开100米后停下来，继续吃草，把梅朵晾在山坡的右侧。

两分钟后，姐姐拉姆不知从什么地方出现，梅朵迎了上去，和姐姐碰头、蹭脸。姐姐带着妹妹向雪坡上一块突出的石头走过去，在那里卧下观察四周，休息。6点47分，姐姐起身往高处走，去到右上方100米开外的石头堆里。7点06分，梅朵又冲向山坡下方的岩羊群，和上次一样，根本没有成功的机会，只是惊跑了岩羊。其实，这时姐姐已经悄悄靠近岩羊群了，妹妹破坏了姐姐的捕猎良机。

7点11分，妹妹向上，姐姐向下，它们又在雪坡上碰头，蹭脸，好像姐姐并没有责怪妹妹。它们紧挨着卧在雪地里，四处观望，中间拉姆不停地嗅闻自己卧过的地方，好像有什么让它感兴趣的味道。几分钟后，它向左移动了两米，趴下。梅朵跟了过去，它仔细嗅过姐姐的屁股，然后和姐姐并排趴下。快到天黑时，它们又往山坡上方的岩羊群靠近。

我猜想，姐姐拉姆发情交配后，身上有一股特别的味道，它自己和妹妹都好奇。

2023年3月10日—3月11日　　6豹同域，妈妈只爱小女梅朵

前一天，邓珠和罗门拍到雪豹姐妹想捕猎，没有成功。在桥头沟的上方有一大群岩羊，天快黑的时候，姐妹开始向那边移动。

3月10日一早，邓珠发现桥头高处昨天有岩羊群的地方，有一只被猎杀的岩羊，公豹达瓦正在进食，拉姆、梅朵姐妹守在旁边不远处。邓珠觉得羊应该是拉姆昨晚上捕杀的，公豹达瓦抢夺了它的猎物。

同去的尼玛扎巴看到雪豹妈妈卓玛带着两只幼崽从高处下来，把两只幼崽安放在石头堆里，卓玛想去吃岩羊，结果公豹达瓦不让它靠近。

卓玛看到拉姆和梅朵两姐妹在一起，凶猛地冲过去把姐姐拉姆赶走了，仿佛是另一个母亲抢走了自己的孩子。卓玛靠近女儿梅朵，把头抵到地上磨蹭，向女儿示爱，但是梅朵没有接受，起身向右边山坡走去。右边山坡中下部有一大群岩羊。梅朵来到岩羊上方，妈妈也跟着过来，蹭了一下女儿的头，停在梅朵附近。过了一段时间，母女俩终于相认，待在一起。

又过了一天的清晨，岩羊已经被吃干净，所有雪豹都不见了，应该是每一只雪豹都吃到了食物。

卓玛第三胎——再育两幼崽，拉姆兼母职

姐妹碰头亲昵 泽仁邓珠摄

姐妹卧雪观察 泽仁邓珠摄

邓珠他们怀疑梅朵跟妈妈走了。后来的观察证明这个猜想是错的，梅朵还是跟着姐姐，直到6月3日姐姐产崽也没有离开。6月10日，拉姆在产崽后成功猎杀了一只大公羊，它还呼唤妹妹来分享食物。

2023年3月25日　峭壁追击

3月25日，邓珠的弟弟木玛去往雪豹点。下午6点27分，他见到拉姆出现在桥头右面山坡的下部，观察右斜上方的岩羊群。它从下往上发起攻击，太明显，速度也太慢了，没有机会。岩羊群轻松逃脱了。在桥头陡直的岩壁上还有一只落单的岩羊，拉姆反身向它靠近，一分钟后再次发起追击，奈何距离太远，追了几十米后放弃。

拉姆几乎天天都在尝试捕猎，也许是它的捕猎技能还不够出色，也许是它怀孕后，需要更多的食物。总体感觉它捕猎的成功率不高，几天下来没有收获，让人不禁担心它产崽后能否养活自己和幼崽。

拉姆快4岁，是有一定经验的猎手了。它主要靠突袭来捕猎，尽可能悄无声息地靠近猎物，像一道影子掠过地面，耳朵平齐到头两边，这样就不会竖在外边叫猎物发现，它捕猎时的行动快速而精确，注意力高度集中，只要猎物看向它的方向，就立即不动。它很会利用所处的环境，如特别喜欢通过"弯弓槽"接近岩羊，它也喜欢利用大石头堆进行躲藏。它有耐心，很少远距离出击。如果岩羊在远处就发现它了，它立即终止捕猎，从不在没有希望的事情上浪费精力。

但它也还远远没有成为超群的猎手，捕猎能力不如妈妈卓玛。好的掠食者是需要长时间反复锤炼才能造就的。

拉姆在峭壁上追逐岩羊　木玛摄

拉姆接管妈妈的领地　　　　　　2023年4月—5月

2023年4月1日　　雪地赤狐捕鼠兔

　　从成都天府国际机场出发，乘11点50分的航班飞往玉树。

　　邓珠昨晚已从成都回到石渠，罗门这两天也没有见过雪豹。阴坡上积雪很厚，山沟里一幢废弃的石头房子对面的雪坡上，有两只赤狐，它们不怕人。飞无人机过去，它们也不在意，全神贯注寻找雪下的鼠兔。突然，赤狐跳起来，头扎向雪中，一击即中，抓出一只鼠兔。

2023年4月2日　　共生之地

　　早上从呷依乡到雪豹点的土路上，在一户牧民家附近，一只小狲猁快速穿过马路，跑到河边的灌木丛中去了。我们下车走进灌木丛中搜索，听见远处有猞猁叫声，应该是猞猁妈妈的声音。

　　傍晚7点半收工，又在同一个地方看见小猞猁追兔子。见到车来，它躲进了灌木丛里，几分钟就又出来了，继续追兔子。兔子就在它前面，也不跑远，只是捉不住。

2023年4月2日　　垭口雪豹点

　　这天是雪天。下游雪豹点的岩羊在桥头低处，很安静。开车走到沟深处的垭口雪豹点，雪地里有雪豹妈妈和两只小崽的脚印，顺着道路走了1千米，没有看到脚印的尽头，估计雪豹妈妈为了幼崽的安全，长期在这一高远地带活动，这里冬季没有牧民。垭口附近总共有10—30只岩羊，岩羊数量的变化说明山背后还有更大的岩羊群。我希望找时间到山背后看看。

雪地赤狐

这张猞猁追高原兔的照片背景是在建的屠宰厂，前面是牦牛圈，后来还修了更多像车间一样的建筑，地面上有很多牛粪。我给照片取名"共生之地"

● **雪豹的步态**

雪豹在雪地留下的脚印，两侧的脚印靠得很近，靠着中线走，前后脚印部分重叠。如果观察雪豹走路，会发现它们是靠着中线走，后脚迈向前脚后跟，几乎要碰到前脚时，前脚离开地面，给后脚留出空间。在秀场上，时装模特会用类似的方式走路，因为与猫科动物相近而得名"猫步"。

对猫科动物来说，这种步态当然不是为了好看，而是为了提高捕猎的成功率。偷偷靠近猎物，足够近之后，发动突袭，这是猫科动物的主要捕猎方式。这个过程，悄无声息是关键，为此猫科动物进化出特有的步态：大腿带动前脚向前迈出，会在半空中停留，然后试探性轻轻着地。猫科动物有高度发达的触觉，可以在靠近猎物时，用爪子测试地面，尽量避免发出声音。两侧脚尽量靠中线走，也可以降低弄出声响的可能性。

更能说明问题的是后脚，当小心翼翼地迈出前脚，测试地面，成功地避免了弄出响动后，后脚一定要对这个成果加以利用，下脚时不需要再试探，而是要尽量踩在前脚的脚印上，这样出声的可能性最小。

大部分猫科动物都是在黑夜中捕猎。想象一下，黑夜中，雪豹悄悄靠近岩羊，岩羊可能已经嗅到了气味，但不知道雪豹在什么地方，因为风向、风速都可以让气味信息难以定位。可一旦雪豹踩到干枯的灌木枝叶，发出了声响，岩羊马上就能锁定它的方位。

> 为了在偷袭时尽量不出声响，猫科动物都是趾行性动物，也就是踮起脚尖走路，如芭蕾舞者穿足尖鞋走路一般。雪豹没有足尖鞋，但脚掌上有厚厚的肉垫，可以很好地减弱行走产生的噪声。

2023年4月3日　下游雪豹点

下午2点出门，下游雪豹点的山坡上有几百只岩羊。我们看到岩羊群在跑，停车观察，邓珠的弟弟木玛说看到一只雪豹向山坡下走，一晃就不见了。我们观察好一阵，没有发现雪豹，但既然岩羊到这里来了，雪豹跟过来很自然。

我们到河边雪豹点短暂观察了一会儿，就回到下游雪豹点。天开始下大雪，整个山都白了，雪雾之中，什么也看不见。

开车绕到下游雪豹点对岸，天晴了。岩羊注视着山脚下，估计雪豹藏在什么地方，我们看不见，但已被岩羊看见了，它们有太多的眼睛，这是群居的优势。我遥控无人机飞上天，远远拍摄雪地中的岩羊，太阳刚刚落下到山后，红云满天，是我喜欢的光线。

2023年4月8日　拉姆接管领地

下午快5点到呷依，一进沟，就发现一群岩羊在山坡高处，状态很紧绷。应该是有雪豹了。留下木玛用单筒望远镜观察，我和邓珠去找罗门。开车到桥头，邓珠发现路左边的积雪中有脚印，下车一看，两只雪豹的脚印从对面山坡蜿蜒下来，应该是雪豹姐妹从下游雪豹点回来了。我留下拍脚印，邓珠继续去接罗门。

邓珠、木玛和罗门一起到河边观察点，我爬上山去，试图拍到更好的脚印，可惜没有，山坡上积雪里的脚印都被大风吹散或填平了。我还在继续往高处爬的时候，木玛开车过来，向我挥手，我知道他们看见雪豹了。

雪坡、落日、岩羊群

花了10分钟左右下山，上车，到河边。一只雪豹在兀鹫窝上方的第一个石头堆上，是妹妹梅朵，它姐姐拉姆在右下方的流石滩中，观望着下面的岩羊。拉姆先观察了几十分钟，然后小心翼翼朝着岩羊方向移动。

我换到桥头拍摄，拉姆正对着我所在的方向下山，在岩石堆的遮挡中下到离路150米左右，埋伏在大块红色岩石中，岩羊群在同一高度50米以外的草坡上。岩羊已经感觉到雪豹的存在，有些紧张，卧在地上不吃草。拉姆在石头堆里潜伏着，观察着岩羊，等待了20多分钟，看着岩羊群一点一点远离，它知道没有希望，起身向反方向走了几步，又顺着来时的沟槽回到山坡上面。它需要另想办法。

2023年4月28日

上午11点50分，成都飞玉树。几天前邓珠的岳母去世，不能来协助我，就安排他弟弟木玛开车帮我。

2023年4月29日

早上没有看到雪豹，于是我们开车探索，希望去垭口雪豹点背后看看。在冬季无人区开了大几十千米，探索山背后几乎每一条沟，到快天黑，失去方向感，被迫返回，计划改日再来。

2023年4月30日

计划早上8点出发，我下楼看见木玛在换轮胎，昨天车胎被一个铁钉子扎漏气了。他让我回酒店房间休息，他弄好车再通知我出发。十几分钟后，我在房间里接到尼马扎巴的电话，说罗门打电话来，雪豹杀岩羊了，离路边不远，问我们什么时候到。我赶紧给木玛打电话，请他尽快把车开过来，补备胎的事情让修车店去弄。

快速赶过去,雪豹拉姆就在桥头左面的山坡上,离路边大概有80米,猎杀了一只母岩羊。拉姆趴在岩羊旁边休息,不停地喘气,腹部不停地起伏,应该是胀饱了。我们一直守在那里拍摄,到下午5点多,下雪了,天色很暗,我们离开。

2023年5月1日

我们早上6点就出发,早早到了,雪豹拉姆一整天都守在那里,下午起身吃了一会儿,大部分时间休息,没有离开的意思。

拉姆雪中护食

2023年5月2日 "冰河危机"

天气预报说今天降雪概率不大，我想多睡一会儿，前几天都回来得很晚，有点累。早上8点才出发，结果外面雪下得很大，而且还在下，我们10点多赶到呷依，雪豹拉姆在老地方。还在下雪，我拍了一些视频和照片，特别是慢动作的视频，雪花在豹子面前慢慢飘下，非常漂亮。

拍摄了一会儿，雪豹睡了。我决定用白天空闲时间去探索4月29日没有到达的地方。罗门也没有开车去过，但是他以前骑马去过那一带，是认得那些山的。

我、木玛、罗门，三人开车再次来到前些天探索的尽头，在道路分岔的地方，我们认为应该过河。然而继续向前，发现道路已经被水冲断，旁边有一段河道看起来不深，上面覆盖着冰，有车轮印子。木玛说可以试着从这里过去，我同意。木玛把车子开下水，前轮一下就栽了下去。他加上一脚油门，结果后轮也掉进冰河里，前面有很厚的冰，冲不上去，前保险杠被撞坏了，后面的冰卡住后轮，退也退不出来。

试了几下，没有办法，我提议把抵住后轮的冰岸挖掉一些，然后放上防滑板。木玛和罗门用工兵铲轮流挖轮胎后面的冰，冰冻得非常坚硬，挖起来相当费劲。他们挖了半小时，再次尝试倒车，还是出不来。我不得不考虑叫救援。这里离县城约170千米，喊来人也要几个小时以后了，拿出卫星电话，试图联系尼马扎巴来帮助，卫星电话能搜索到信号，但无法进入服务状态。

这下我真有点担心了，荒郊野外，泡在冰河里过夜可不是好玩的。我问罗门是否可以走路出去求救，他估计走到有人的地方，车路有40千米，人走捷径也有20多千米。不管大路还是山路，最少要5个小时。想来想去，觉得还是自己把车弄出来稳妥。派人回去有迷路、遇到熊的风险，三人在一起，至少人是安全的。

木玛和罗门挖得非常辛苦，有的地方脚不好站，木玛就站在膝盖深的冰水里。我想试试，他们不同意，说如果我发生高原反应，那就麻烦了。我只好让他们继续一点一点铲，后来实在看不下去，抢过铲子示意给他们看。木玛和罗门照着同样的方法尝试，很快两个轮子底下的冰被砍掉，插入防滑板，再启动车辆，还是不行！我赶紧想了另一个办法，用千斤顶把车顶起来，让车后桥离开冰面。终于把车顶得很高，倒车，千斤顶向后自动倒下，车一下退上冰岸。大家都很高兴，罗门和木玛告诉我，他们先前都觉得要在这儿过夜了。

原路回到雪豹点，雪豹拉姆还守着那里。我们刚刚脱险，还没吃中午饭，罗门的妻子和女儿做了海带炖牛肉、番茄炒蛋，还准备了酸奶。木玛趁机把鞋烤干，他在冰水里把鞋袜都打湿了，冷惨了。

时间接近下午6点，我们开车回到雪豹拉姆守岩羊的地方，不料看见有辆越野车停在那里，几个穿制服的警察在旁边，是乡派出所的警察和副乡长。他们看到雪豹了，还指给我们看。本想下车打个招呼，他们已匆匆上车走了。

这时雪豹卧的地方比原来高一些，过一小会儿，它往山上走，放弃了岩羊。一直走到落有高山兀鹫白色粪便的山崖，不见了。那里有一大群岩羊，没有受惊，说明雪豹是躲进一个隐蔽的地方休息了。

山顶上飞起一大群高山兀鹫，在天空上盘旋。岩羊差不多被吃光了，雪豹不会再下来了。单只雪豹吃光一只成年母岩羊，花了3整天。

● **守护食物**

雪豹猎杀大型猎物如岩羊、牦牛后，在没有人干扰的情况下，会守着吃几天。我在昂赛乡见过一只雪豹连续守着牦牛吃了5天。得益于高原寒冷的气候，食物可以长期保存而不腐烂。当地牧民家里没有冰箱,他们杀了牦牛后,将肉放进用牦牛粪搭成的小房子里,通风而且不晒太阳,高原寒冷干燥的气候,让这些肉可以保存几个月不变质。

雪豹吃饱了,会趴在离猎物尸体不远处,守护食物,白天多是半睡半醒。老鹰等只会在远处老老实实等着,它们动作很笨拙,不敢冒险来偷吃;喜鹊和乌鸦则不然,经常去偷吃,雪豹看见了,起身猛扑过去,驱赶后又回到猎物旁边睡着。高原任何季节都会有很强的阳光,雪豹不喜欢。所以,如果猎物尸体旁边有阴凉的地方,如石壁、树林,雪豹会去那里休息守候。

在吃了几天以后,雪豹非常饱了。放弃食物的过程总是很有趣,它恋恋不舍,走开了,又回来,再走开,再回来,这样的过程会反复很多次,最后才彻底离开。

和其他大猫一样,雪豹每一次捕猎都不容易,甚至冒着生命危险。所以捕猎成功一次,必须暴饮暴食,后面一个星期以上都可以不进食。

雪豹也有不守护食物、吃一次就走的情况。那就是母雪豹在幼崽刚出生后不久、待在窝里不能动的时候。雪豹妈妈一般在天黑出来打猎,不管是否成功,都需要在天刚刚亮的时候回窝。这个阶段,雪豹妈妈捕猎很频繁。小雪豹常常在6月左右出生,正是岩羊产崽的时候,雪豹妈妈此时主要捕杀岩羊幼崽,成功率很高。

有时雪豹也会遇到厉害的对手,如棕熊。我们记录过头天雪豹猎杀的岩羊,第二天清晨棕熊守在那里吃,雪豹只好在百米开外猎杀了另一只岩羊。当然，最可怕的对手是人。过去很长时间里，牧民会拿走雪豹的猎物，包括自家的牦牛或野生的岩羊。现在，这种情况在国家公园和开展雪豹生态旅游的地区基本上没有了，但在其他地区，我还不时看到。

在雪豹点周围活动的棕熊

2023年5月3日　我与雪豹的另类合影

早上7点出发，9点多到呷依河边雪豹点，没有见到雪豹。我们叫上罗门一起去高山垭口雪豹点，这次准备徒步去看山背后的情况。

在离有岩羊的垭口还有300米的时候，木玛和罗门几乎同时看到有动物在路上跑。罗门说是狼，木玛说是猞猁。再一看，是一只雪豹。我们开车跟着它，100米后，雪豹从紧靠路右边的大石头后面离开道路，跳上山坡。我们停下车，看向山坡上，却没有雪豹踪影，靠近大石头，发现它在大石头下的空洞中。

雪豹见我们发现了它，迟疑了一下，从洞中跳到路上，继续沿着道路向前跑，而后跳进路左边的乱石堆里，不见了。我们开车跟过去，下车慢慢靠近查看，它卧在一个石缝隙中，离道路只有2米多远，我们在离它3米多的石头上拍摄，它时而静静地看着我们，时而闭上眼睛，可能是觉得看到人很烦。我们距离如此之近，我的身影出现在它的眼中，在放大的照片中清晰可见，算是一种与雪豹的另类合影吧！

又过了几分钟，它离开石缝，越过道路，跑上山坡，钻进100米外的一片乱石堆藏起来。木玛和罗门终于相信雪豹不会主动攻击人了。我们估计，这只雪豹的状态可能不太好，不然不会跑一小段路就躲藏起来，一口气在山坡上跑几百米，对健康的雪豹来说也应该是小意思。

我原地等着，看雪豹什么时候出来。木玛和罗门徒步爬上前面的垭口去看山后的情况。半小时后，旱獭报警声响起，抬头一看，雪豹在草坡上走。等我架好三脚架，却找不到它，估计又钻进石头缝中去了。夏季观察雪豹有一个好处，就是有旱獭这个好帮手，它们时时刻刻盯着四周，不论雪豹在什么方位出现，它们都会马上报警。掌握这个规律后，当知道雪豹藏在某个地方，附近又有旱獭，就不用一直盯着，留意旱獭的报警声即可。

今天这里有30多只岩羊，一个月前邓珠数过有14只，几天前木玛数有27

卓玛第三胎——再育两幼崽,拉姆兼母职

我们距离如此之近,人类的身影出现在它的眼中,在放大的照片中清晰可见

只。岩羊数不稳定，说明附近肯定还有其他岩羊群。故而，这里也成为这片区域里雪豹的第三个主要栖息地。

回到雪豹藏身的大石头，里外都有粪便，收集了四管，有一管很新鲜的。世界自然基金会（WWF）雪豹团队愿意帮助我对这里的雪豹粪便进行DNA分析，尝试识别这里有多少雪豹个体，以及个体之间的亲缘关系，特别是拉姆和梅朵的父亲是谁。会是达瓦吗？如果是，拉姆和达瓦就是近亲交配了。

2023年5月5日　姐妹离开河边雪豹点

早上6点出发，下大雪，8点到呷依。罗门在雪地上看见新鲜的雪豹脚印，从阳面山坡上下来，一路走过小桥，又爬上阴面山坡，离开河边雪豹点，去往下游雪豹点方向。

是两只雪豹的脚印，一只个头稍微小一点，前后一条线走的。我们肯定是拉姆和梅朵离开了。

我们猜测雪豹妈妈产下第三胎幼崽后，梅朵便一直跟着姐姐拉姆，妈妈卓玛和第三胎两只幼崽一直在垭口雪豹点，河边雪豹点和下游雪豹点成为拉姆和梅朵的常驻地盘。

2023年5月28日　英雄妈妈卓玛

下午，邓珠和尼马扎巴看到雪豹卓玛带两只幼崽，在刚进沟后不远处，靠路边的岩壁上。现在是挖虫草的季节，偏远的栖息地可能被到处挖虫草的人干扰了，雪豹妈妈便带着幼崽回到靠路边的地方。回想往年6月也多次在这里看到雪豹，可能是同样的原因。

这两只幼崽长大很多，很健康，应该有9个月大了，已经平安度过夭折率最高的幼年阶段，长大成年应是没有问题。雪豹卓玛至少已经哺育成功6只幼崽，可以说是一个英雄母亲。

雪豹姐妹离开的脚印

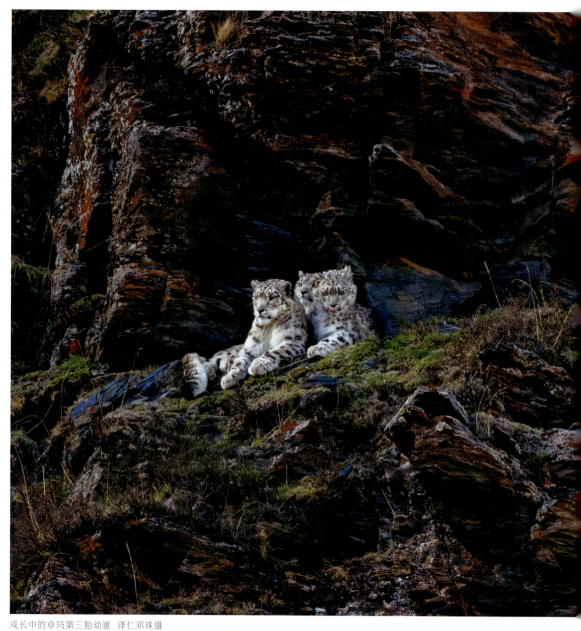
成长中的卓玛第三胎幼崽 泽仁邓珠摄

卓玛第三胎——再育两幼崽,拉姆兼母职

拉姆第一胎　　三幼崽与新家

拉姆成为新手母亲   2023年5月—7月

2023年5月30日　梅朵茁壮成长

2023年第5次到石渠。尼马扎巴在机场等我，直接去呷依。5点多到，一路上没看见动物。

老远就看见吕老师、邓珠开的牧马人停在桥头边的坡上，他们架着相机对准山坡，肯定是有雪豹了。走近一问，果然雪豹就在对面100米处的山坡上，是梅朵。

梅朵在山坡上打哈欠，舔自己的脚，不停转头张望，像是在寻找猎物。过了一会儿，它起身开始走动，向着桥另一边走过去，边走边嗅闻地面。我们一直跟着，见它翻过山坡不见了，开车跟过去，到河边观察点看它到底往哪里走。

梅朵翻过捕猎小山脊，走过罗门家的上方，停下来观察山坡下面，然后慢慢往山下走。我们跟过去，它不怕人，继续向坡下移动。我们下车在路边静静等着，它越来越近。这时邓珠招呼我再走过去一点，从他的角度能看见两只兔子，梅朵的目标是它们。雪豹慢慢靠近，我只能盯着它，不敢去看兔子的状态。过了不到一分钟，梅朵绕过一个小土坡猛扑出去，坡后面升起一阵尘土。邓珠说，梅朵捉住兔子了，但几秒钟后，梅朵从土坡旁边走出来，没有抓到东西。

梅朵继续往前搜寻猎物，但四下什么都没有，它就趴在流石滩中观察。梅朵看起来很健康，肚子鼓鼓的，没有挨饿的迹象。从这次它捕猎的尝试看，梅朵自己应该可以捕捉野兔、旱獭、藏雪鸡之类的小动物了。

健壮的梅朵

拉姆第一胎——三幼崽与新家

梅朵的剪影

● 雪豹打哈欠

　　梅朵打哈欠，应该是因为睡醒了。雪豹不完全是在放松的状态才打哈欠，受到某种干扰、感到烦躁或威胁的时候，也会打哈欠。我飞无人机拍摄雪豹，不小心靠得有点近的时候，雪豹的反应通常是打哈欠，而不是咆哮或离开。有一次，我在路边遇到雪豹妈妈带着两只刚刚出窝的幼崽，离我约90米远。雪豹妈妈看我到来，起身离开，想让两只幼崽跟着走，可幼崽待在原地不动，妈妈只好在旁边等着，它显得很焦虑，不停地打哈欠，最后回到小雪豹身边。

雪豹打哈欠

2023年5月31日　临产的拉姆捕猎

此次到石渠的第2天，早上9点邓珠和我出发，上午没有见到雪豹，但岩羊很多。

在罗门家吃饭和休息了一会儿，我们就出去寻找雪豹，转一圈没有看见，就在河边的观察点等待，邓珠和罗门在车边用望远镜观察，我自己在旁边慢慢散步，快到3点的时候吕老师和尼马扎巴来了。

天开始下小雨，我们躲在车里休息，几分钟后，尼马扎巴用单筒望远镜发现雪豹。邓珠说是拉姆。雪豹从沟的深处、罗门家的上方，正往我们这边走来。

我们开车过去，果然在一条沟槽的下方看见了拉姆。那儿有一块大石头，就是几年前我们拍雪豹猎杀的时候，雪豹妈妈卓玛走到那儿就停下来的那块大石头，我的印象非常深刻。片刻之后，拉姆沿着沟往下走，然后往右边移动，它是想要捕杀山坡低处的旱獭，岩羊都在很高处。

有几只旱獭在靠近桥头的地方，离这里有600米。拉姆慢慢向旱獭方向走，在捕猎小山脊的灌木丛停留了很长时间，但旱獭早就发现了它，站立起来报警，等它走近，就钻进地洞不出来。

雪豹拉姆在旱獭洞旁等了几个小时，一会儿观察，一会儿睡觉，旱獭就是不出来。这些旱獭在这个地方已经生活好几年了，已经能很好地对付雪豹。

傍晚7点开始下雨，半小时后雨过天晴，阳光又出来了。今天的最后一束阳光照射到雪豹白色的皮毛上，格外显眼。

我们晚上8点离开这里回县城。

2023年6月1日　姐姐不让梅朵靠近产房

我和邓珠早上9点出发，一进沟就听见旱獭报警的声音。四处搜寻，没有发现雪豹，报警持续了好长时间才停下，我们肯定这一带有雪豹。继续往

夕阳下红灌木丛中,临产的拉姆在蹲守旱獭时小憩

前走，岩羊的位置很低，就在我拍猎杀场景的地方。再往里走，没有岩羊了，旱獭也很安静。

这么明显的迹象，却没有看见雪豹，实在不死心。开车往回走，在河边观察点一停车，邓珠就发现了远处的雪豹，就在小桥上方泉眼处，旁边是梅朵多次藏身的小洞。那里有一个小平台，上有雪豹栖身，靠近了反而看不见。是妹妹梅朵，它在睡觉，现在时间刚过中午12点。

我守着雪豹，邓珠去让罗门做午饭。半小时后，邓珠开车接我去吃午饭，吃完午饭回到雪豹休息的地方，开始蹲守。我们都把相机架得很低，人坐在草地上，这样对雪豹干扰最小。

等到下午4点多，梅朵开始睁眼，抬头，又睡，又睁眼，打哈欠，身体一直没有动，这样持续一个小时之后，它终于起身，在草丛中慢慢移动，像要捕猎的样子，动作很慢，正常速度拍视频，看起来像拍的慢动作，这时旁边是没有猎物的。

梅朵为什么要待在这里？我第一次想到可能是姐姐拉姆在旁边的石头洞里，准备产崽。5月30日上午，邓珠看见梅朵也在这里，见它试图进入那个石洞，结果刚到洞口，一下就跳开了，好像是受了洞里什么东西的惊吓。邓珠猜是拉姆在里面。

梅朵到旁边的雪豹泉喝水，可惜的是它背对着我们。喝水的时间很长，有好几分钟，之后它向左上方走，跨过桥头最大的沟槽，到了对面的草坡上。远处高坡上有很多的岩羊，它先向上，估计想从山坡上突出的岩石背后去靠近岩羊。走了一会儿，又折回来向下，可能是觉得去捕岩羊太困难了。

下午，梅朵从桥头中部上坡，之后又下到低处，向罗门家方向走去，越过"捕猎小山脊"，不见了。

我们开车到前面去寻找。它在草地上坐着四处观望，过了一会儿，往山

雪豹一家：卓玛王朝

梅朵在桥头洞口守候姐姐

坡下方走，似乎在看下边的牦牛。走了几十米，它又停住不动，然后往山坡上面观望。夕阳打在雪豹身上，把身体照得很白，很显眼。

邓珠顺着它的目光往山坡上看，原来在斜上方还有另外一只雪豹。先以为是姐姐拉姆，后来仔细看，发觉是公豹达瓦。现在邓珠绝大部分时候能准确识别出这里的雪豹个体，有些客人还有点不相信。我知道这是真的，有照片为证。

两只豹互相朝着对方观望了近半个小时，然后梅朵向上走，匍匐着身子，像是捕猎的姿态，动一下，停一下。公豹也开始往梅朵的方向走来，它倒是正常的行走姿态。它们走到相互之间还有20米的距离，停了下来，互相对视，这样对视了差不多十几分钟，看得出来两只雪豹都非常紧张。

然后公雪豹达瓦往小雪豹梅朵方向靠近，它们越来越近，快碰上的时候，梅朵翻转身体，背躺在地上，做出示弱的姿势，然后公雪豹也做同样的动作，好像相互在缓和紧张的气氛。在地上翻滚的时候，小雪豹不断排出粪团，可能它是非常紧张，大便失禁。它们之间一直都没有身体的接触，然后梅朵往左上方走了，达瓦向山坡下走，最后卧在一处灌木丛中仔细地观察着我们。

这时邓珠又看见了第3只雪豹，很肯定，但我们后来再没有看见。我怕干扰了它们，和邓珠开车出去转了一圈，留罗门一个人观察。半个小时后回来，它们一直都没有动。下午7点半，天要下雨，我和邓珠路程远，先走一步。罗门又原地留守一个小时，到天黑，两只雪豹都没有动。这种关系挺微妙的，它们之间充满好奇、恐惧，也许还彼此依恋。

两天后，我请木玛和罗门爬上山坡去捡了梅朵打滚时排出的粪便。我们确切知道这个粪便样本是梅朵的。通过DNA测试去了解这里雪豹间的亲缘关系，包括梅朵和达瓦之间的关系，应该有价值。

在好奇与害怕中,梅朵独自面对达瓦

2023年6月2日　拉姆进洞产崽

和邓珠一道，下午4点刚过就到了呷依的河边雪豹点，吕玲珑老师的车正在沟口移动，慢慢地搜索对面的山坡。上去问情况，说前不久这里河边出现了一只雪豹，路过的牧民看见了，通知了他们。那个时候他们在河边的观察点，等赶过来，雪豹已经不见了。

我们慢慢搜寻了一阵，没有看见雪豹，就开车到了河边观察点等待。等了30分钟，邓珠去开车到处转一转，我们向罗门家方向搜索。刚走出不远，对讲机就响了，尼马扎巴看见雪豹了。一只雪豹在山上大概400米高处的一个土坑边上睡觉，就在瞭望台和五块石之间的高坡上。

雪豹在那里卧了很久，然后起身慢慢往左边走，走了一会儿又往下来，来到五块石上面，好像要捕捉旱獭，小心翼翼地向前走、向下移动，然后停下来观察，但我们始终没有看见目标旱獭。邓珠说这是梅朵。

正在大家关注五块石上的梅朵时，邓珠发现远处从沟口方向来了一只雪豹，应该就是牧民在河边看见的那只雪豹。它朝着我们的方向走过来，进入一个沟槽就不见了。我和邓珠开车过去查看，没有发现它。这时曾长用对讲机告诉我们雪豹就在山坡上，正朝着他们走动。我们开过了，或者说雪豹移动得太快了。

我们倒车往回走，还是没看见。继续倒车，我看见了它。其实雪豹已经走了很远，离河边桥头不远了，我们常常低估雪豹的行走速度。我们赶紧掉转车头快速开过去，下车到河边拍摄，希望用慢门拍摄一张好的动态模糊的照片，但效果都不理想，距离有点远，镜头移动的相对速度不够，背景很难模糊。这次我看清楚了，它是拉姆，姐妹俩一直都在这片区域。

拉姆最后慢慢钻进了河边的小口石头洞，直到我们离开也没有出来。这个洞在很陡峭的岩壁上，位于河面正上方约40米，旁边有泉眼。2021年10月，雪豹妈妈卓玛就是带着梅朵出现在这个洞里。

从体形和走路姿态看，拉姆肯定已经怀孕，而且临产了。邓珠拍到拉姆和达瓦交配是在2月24日，按105天怀孕期计算，拉姆的预产期应该在6月上旬。

这个洞是不是它产崽的洞呢？很有可能，但不能百分百确定。这里离大部分旱獭活动的地方比较近，捕猎旱獭应该相对容易；现在岩羊都在高处，数量庞大，紧盯着捕食者的眼睛太多，捕捉起来非常困难。但另一方面，毕竟这个洞靠路边太近了。

我们晚上8点收工。回去的路上，人迷迷糊糊，脑袋昏昏沉沉，这几天的事情出现在脑海里，包括雪豹出现的顺序、各种行为、拍摄的过程，乱七八糟搅在一起，让自己都觉得很难受。回到县城吃了面，晚上11点睡觉，一觉睡到第二天早晨6点多才醒。对我来说，从来没有出现过这样头脑混乱的情况，这可能是这些天拍摄的过程太兴奋了。

2023年6月4日　雪豹、金雕、渡鸦和岩羊

早上8点出发，10点到河边雪豹观察点。公雪豹达瓦在，罗门家的小孩已经架着相机在拍摄。

达瓦从罗门家方向开始停停走走，慢慢进入五块石，然后向右继续，右面有一大群岩羊，300只以上。公豹埋伏在草坡上我们看不见的地方，罗门脱鞋踩水过河，到对面的坡高处才看见它隐蔽的地方。

岩羊已经看见公豹。见没有机会，达瓦起身，从高处绕过五块石，向下走，中途碰到3对两两在一起的岩羊，应该是去年出生的幼崽和妈妈在一起。岩羊与公豹对视，达瓦没有攻击的意思。它向下，似乎是在寻找旱獭，但没有机会，就卧在草地上。这时雪豹头上飞来一只金雕，在空中盘旋，莫非金雕还敢惹雪豹？

不会的，金雕是冲那6只岩羊去的。金雕先在岩羊上方盘旋，然后降下

拉姆进洞产崽,留下一个背影

来，飞向羊群边沿一只看起来较弱的小羊，但其他岩羊一起冲过去驱逐金雕，金雕连续试了3次，都没能碰到小羊，只好回到高空继续盘旋。

突然，天空中出现两只渡鸦，轮番攻击金雕，迫使它离开，岩羊受到的威胁得以解除。渡鸦攻击金雕的情况很常见，这次它们无意中帮助了岩羊。

6月2日傍晚，我曾拍摄到拉姆进了路边开着小口的石头洞，而且前几天两次见到梅朵守在洞边，有一次它靠近洞口，一下就跳开了，显然当时拉姆就在里面。

2021年10月23日，尼玛扎巴第一次看到卓玛带着梅朵出来活动，就是在这里。也许，卓玛就是在这里产下梅朵的。甚至拉姆三兄妹也可能是在这里出生的。2022年2月，曾长看到梅朵躲在这个洞里。这显然是一个雪豹们经常光顾的地方，或许就是它们的出生地。

雪豹可能在路边洞穴里产崽的消息已经传出去了，为了不让人在洞口附近逗留打扰，6月14日尼玛扎巴就把越野房车拖到雪豹点，停在离洞100米外道路另一侧的草地上，守护着这个雪豹窝。这并非杞人忧天，之前有人在雪豹洞附近放了几个红外相机，虽然使用红外相机是研究和保护雪豹的常见手段，但是拉姆正在育幼期，在雪豹窝安置相机，对育幼肯定有影响。而且这也相当危险，那里的坡几乎是垂直的，万一拉姆为保护幼崽，对人发起攻击，人可能会摔下来，后果不堪设想。后来这些人又要上去取红外相机，被尼玛扎巴阻止了。

2023年6月6日—29日　梅朵，姐姐喊你吃饭！

拉姆进洞第二天，我回成都。邓珠、尼玛扎巴、吕老师等人仍是天天去观察。

6月6日，拉姆出洞，捕杀了罗门家的一头小牦牛，罗门拍到视频，这是我们第一次在呷依记录到雪豹捕杀牦牛。平时，这里的雪豹是不攻击牦牛

达瓦和岩羊

拉姆第一胎——三幼崽与新家

飞翔的金雕

的，可能是拉姆产崽后5天没有进食了，实在顾不了那么多。拉姆吃了一会儿就返回洞里，没有如通常那样守着一连吃上几天。由此我们基本可以判定，拉姆已经在洞里产崽了。

6月11日下午7点，邓珠看到拉姆在洞外右边山坡上，离洞穴100米左右、高度几十米的地方，试图捕捉旱獭。

6月12日上午11点，邓珠发现拉姆成功猎杀了一头公岩羊。在它的窝右边200米左右，高度约离河面20米。它守着岩羊吃到下午5点，然后回窝去喂小崽。

晚上秃鹫降临，老鹰争夺，让岩羊的尸体掉落到距离河边只有四五米远的一小块石头滩里面。也许是太靠近道路的缘故，老鹰并没有把岩羊吃完。6月13日下午7点多，拉姆再次回到岩羊旁边。

拉姆在吃岩羊的过程中，不时四处观望、号叫，好像在和另外一只雪豹沟通。原来梅朵在山坡高处，但它不敢下来。可能是拉姆不让梅朵靠近产崽的洞穴，梅朵也不敢靠近拉姆了。

拉姆吃了一会儿，走上山坡去，去带梅朵下来，它们始终没有同框，最终拉姆到岩羊处又吃了一会儿，梅朵在上方不远处等着。拉姆离开，梅朵立即下来，在大雨中吃剩下的部分。按罗门观察，是拉姆特意上山去叫梅朵下来分享食物的。从我们观察到拉姆多次呼唤梅朵的情况看，它似乎把妹妹梅朵当成自己的孩子对待，可能这段时期它的母性很强烈。

从这短时间观察中我们发现，当雪豹育幼的时候，妈妈不会让其他雪豹靠近它的洞穴，但并不排斥其他雪豹分享食物。卓玛产崽后，第三胎幼崽在洞里的时候，梅朵开头也许还是跟着妈妈的，只是不能靠近洞穴，但能够分享妈妈猎杀的食物。只有当妈妈带着三胎的两个幼崽出来活动后，梅朵才完全离开妈妈，跟着姐姐一起生活。

6月18日，拉姆捕捉到一只旱獭。6月24日，它猎杀了一只小岩羊。6月

26日,拉姆出洞到河边喝水。6月29日,一小群岩羊母子来到洞口下方,拉姆猎杀了亚成岩羊,拖到高处吃。拉姆不在洞口进食,总是在洞口左面20多米外的坡顶上吃东西。

6月11日以后,拉姆占据了那一片区域养育它的幼崽,直到9月24日,其间没有再见到梅朵、卓玛和卓玛第三胎的两个孩子。一种可能是,卓玛的第三胎两只幼崽已经一岁大了,卓玛不再担心梅朵伤害更小的幼崽,就把梅朵也带在身边。当然还有一种可能,梅朵已经两岁了,能够独立生存,离开这片区域了。

拉姆进食 罗门摄

2023年7月4日　幼崽露头

7月4日,邓珠和吕玲珑老师拍到小雪豹在洞口露头,先是一只,后来两只,几秒钟后,就被妈妈拉姆用嘴拖了回去。大家都觉得有两个幼崽,可是7月9日尼马扎巴把他拍的视频发给我看,我觉得像是3只幼崽,拉姆用嘴拖了一个回去,一会儿又同时冒出两个。只是我不能百分之百肯定,因为没有见到3只幼崽同时现身。

拉姆整个交配产崽时间线推算如下:

2月24日第一次交配,6月2日进产崽洞穴,6月3日产崽(猜测拉姆的怀孕期为100天左右),6月6日出洞觅食,7月4日小崽露头(出生后第31天洞口露头)。

单只幼崽露头　泽仁邓珠摄

2023年7月10日　黄金地段——故居

中午，邓珠和吕玲珑老师去拍摄。为了不干扰到雪豹育幼，他们在洞口对面、道路的另一侧山坡上搭了两个隐蔽帐篷。开始他们看不见雪豹，不知道雪豹妈妈是否在里面。后来一群岩羊来到洞口下面2米处的平台上吃草，那里是它们喜欢的地方。山上的水会从那里的泉眼流出，冬天积一大片冰，冰融化可以给岩羊提供饮用水；下面是几乎垂直的陡峭岩壁，受攻击时，岩羊可以到峭壁上躲避。

雪豹妈妈拉姆慢慢从洞口漆黑的阴影中出现，它目不转睛地盯着岩羊，耳朵向后拉，耳背向前，呈现攻击前的肢体状态。岩羊就在它前下方3米处，都没有发现它。拉姆先探出头，然后伸出小半个身体，最后像箭一样射向岩羊！岩羊反应神速，一起往左下方跳到了几乎垂直的岩壁上。拉姆在落地的瞬间即刻转身，一步跳到左下方岩壁上。一只小岩羊顺岩壁垂直扎入下面的河中，拉姆竖直扑进河中，消失在相机视野中。十几秒后，拉姆咬着岩羊的喉咙，跳上岸，重新进入相机的视野。它拖着岩羊沿着垂直的岩壁往上走，走到洞穴左上方20米处，在那里享用猎杀成果。拉姆每次都是在这个地点进食，显然是避免在洞口边进食。

现在我才发觉，这个洞穴位置的确非常好。雪豹在洞中育幼的时候，能够轻松伏击经常到这里来吃草或饮水的岩羊，下面有河，对雪豹是一个安全垫，可以避免在捕猎过程中受伤。毕竟，不少雪豹是在捕猎过程中摔死的，《雪豹》一书中记录了相关数据，在野外调查发现的14只死亡雪豹中，有4只可能死于在峭壁间捕猎的意外。

这个洞的位置低，方便雪豹出去捕猎旱獭；离水源很近，方便雪豹在育幼期间经常喝水。至于这里离公路近，其实对雪豹并没有很大影响，过往的人们一般不会注意到这个洞。而且在夏季，这里没有常驻的牧民，他们都去几十千米外的夏季牧场了。靠近公路，还可以减少熊的威胁，它是雪豹唯一害怕的对手。这个洞穴对产崽的雪豹来说，绝对是一个黄金位置，可能很多胎雪豹都是在这里诞生的。我们将在以后验证这个假设。

● **雪豹的耳朵**

猫科动物的耳朵非常灵活，它们有32组控制耳朵的肌肉，人只有4组。它们的耳朵可以旋转180度，两只耳朵能够独立转动。它们不需要移动头就能听见各个方向的声音，听到的是立体声，对定位隐藏的猎物非常有用。

在不同状态下，猫科动物耳朵的位置也不同。机警状态时耳朵竖起，最为突出，捕猎时耳朵向后、向下，耳背向前，最不容易被发现。

2023年7月11日　妈妈，我要出去！

邓珠再次到洞口对面的隐蔽帐篷里守候。一只小雪豹在洞口探头，然后是另一只。这时妈妈拉姆背靠着洞口，仰面用自己的头堵住小豹的去路。幼崽们很想出洞，但妈妈不能让它们出来，洞口外有一个垂直的2米高的断崖，这可以在一定程度上保护雪豹的窝，然而妈妈不在时，这就会成为一种隐患，万一小雪豹出来活动，掉到下面的小平台上，自己回不到洞里，就会很危险——有一只金雕一直都在这片区域活跃。

邓珠告诉我这个情况后，我觉得雪豹一家很快会离开这个山洞。妈妈要出去捕猎，很难保证小崽不掉出洞口，它们需要一个小雪豹既可以出来活动，又能回得去的地方。

到目前为止，大家还是只能肯定有两只幼崽。

雪豹自洞中伏击 泽仁邓珠摄

雪豹妈妈用身体堵住洞口　泽仁邓珠摄

拉姆三迁

2023年7月—8月

2023年7月15日

我从成都飞玉树到石渠。前几天尼马扎巴和吕玲珑老师已经拍到小雪豹从洞里冒头,邓珠也拍到雪豹妈妈从洞里冲出来捕猎成功,所以我把到石渠的时间从原计划的7月20日提前到今日。

现在是旅游旺季,飞机票不像以前随时都可以买得到,机舱也坐得满满的,而且半夜收到一条短信说,因为限流,航班时间从上午11点35分调整到下午3点半,我到玉树机场已经是5点多了。邓珠到机场接我。玉树的气温16摄氏度,比冬天舒服多了。

上午木玛和吕老师到雪豹点,发现我们的越野房车门被棕熊暴力打开,冰箱里的东西被吃了。木玛找到手机有信号的地方立即告诉我们这个情况。邓珠其实已有预料,大部分肉都没有带过去,车上只放了一些蔬菜、坚果和腊肉,腊肉和坚果被棕熊吃光了。

晚上9点到房车处,天已经黑了。实际情况还不算太糟糕,门板从门框上被扒开,门上的电线被扯断,冰箱门铰链断了,放有食物的柜子门也被扯掉,里面的食物被洗劫一空。

我觉得熊很聪明,从最容易突破的地方进去,专找吃的。它上了床,在我的黑色羽绒服上留下了白色印记,没扯破。车载小电视被从架子上扯下来了。尼马扎巴做了一个铁皮厨房,还在旁边弄了一个牛粪炉,这些都没被破坏。(7月18日晚上熊又来了,我被摇醒了,先以为是地震,结果早上发现牛粪炉被掀翻了,路上有很大一堆新鲜的熊粪便。)

熊出没

2023年7月16日　持续2—3天的第一次搬家

　　早晨6点起床,天麻麻亮,观察雪豹的洞口,没有任何动静。山坡最高处有很多岩羊,而且很活跃,状态略显紧张,最后都涌进流石滩里,翻过山脊不见了。我估计雪豹就在附近,但是仔细搜寻,没有看见。

　　邓珠在整理被熊破坏的东西,发现他带过来的一小桶炒青稞被熊吃了大半。我好奇的是桶还立着,它是怎么吃的?为什么不吃完?电器开关的表面按钮和表盘,有些被破坏了,有熊触摸的痕迹。碰这些开关的时候,灯会亮,我估计熊会很好奇,甚至受到惊吓。

　　上午11点,尼玛扎巴来了,他认为由于棕熊出没,雪豹妈妈特别怕熊伤害小崽,已经把小崽们都转移到其他地方去了。十几天前,五块石下边来了一头大熊,然后雪豹和小崽3天没有出现,第4天清晨,尼玛扎巴看见雪豹妈妈重新出现在洞的上方,很疲惫的样子,应该是刚搬运幼崽回来。

　　我用卫星电话给吕老师打电话,问他前一天观察雪豹的情况。他说,前天下午拉姆曾到洞口的上方几十米处,看了看就回头走了,幼崽一直没有从洞里出现。我想也确实存在这种可能性:雪豹妈妈再次挨个转移了幼崽。吕老师目睹的很可能是拉姆回来,想继续转移自己的孩子,但是看见有人,便按兵不动,等到夜幕降临之后,才把最后一个小崽转移到别的地方了。

　　我们不知道情况到底怎么样,不知道幼崽是否还在洞里,只能坚守看吧。

2023年7月17日　妈妈,我下不来了!

　　下午3点半,我在房车里写文章,邓珠说雪豹来了。我赶紧出来用邓珠的相机看,雪豹拉姆在很靠近河面的地方喝水,那儿正有一条小溪流淌下来。喝了几分钟,拉姆顺着沟槽向着雪豹洞的方向走去,跳进沟槽就看不见了。我们用相机瞄准它可能出来的地方,等了好久也没出来。结果它已经从更上面的位置出来了,到了离洞很近的流石滩那儿,继续往上走。拉姆到了洞边却没有进去，就在草丛里舔什么东西，舔了一阵，向左走了几米，我们才看见一只小雪豹在草丛后面露头。

拉姆走几步，小雪豹跟着挪几步，很慢。拉姆回来叼着小豹脖子，向左走上草坡，越过山坡，看不见了。我赶紧挪动一下位置，发现它在山坡上一块垂直石壁的下方，地面有长草。它叼起一只小雪豹向左走几步，进入长草后面，后面还有两只幼崽跟了进去。这是我们首次确认拉姆产下的是3只幼崽，和它妈妈的第一胎一样。

3只小豹子的个头大小有差别，最后叼过去的一只可能是最小的。另外两只总是想从石壁底下的沟槽到外面来玩，拉姆便出来把它们叼进去，或者用巴掌拍打它们一下。小豹们玩耍了一会儿，都躺倒在草丛后边，拉姆把身体翻过来，一只腿翘向天空，应该是小豹子们在吃奶。而后全家睡觉。

我们的判断有对的一面，小雪豹掉出洞口果然回不去了；但也有不对的一面，其实幼崽比我们想象中更懂得保护自己，它在洞口下方的矮灌木中至少待了大半天，我们盯着洞口附近看了那么久都没有发现它，说明它丝毫没有乱动。

这天下午，拉姆把幼崽转移到新窝。这个新的窝在一块10平方米大小的垂直岩壁下面，可能就是一个向下的沟槽，略低于地面，前方有浓密的草丛，雪豹母子走进去卧下，我们就看不见；起来活动的时候，我们能够看到大雪豹的部分身体。草丛前面有一个长约3米，略微向下倾斜的平台，岩壁左右都是岩石遮挡。在这个新窝，雪豹妈妈不用担心小雪豹出来活动后回不去家。

同一胎的3只幼崽有明显的个体差异，一只最活跃，另一只次之，第3只最弱，基本不见它自己出来，可能就是最后被转移的那一只。另外两只幼崽爱一起玩耍。

雪豹一家：卓玛王朝

拉姆的3只幼崽

拉姆第一胎——三幼崽与新家

拉姆转移幼崽

下午4点多，最活跃的一只小雪豹在窝附近探索，爬上右边一块石头，后来滚落了下来，应该摔得不轻。傍晚7点50分左右，两只小豹子又出来过一次，最活跃的一只又爬到右面1米多高的岩石上，在上面下不来了。这回它没有摔下来，而是张嘴大叫。两分钟后，妈妈出来，把它从石头上叼了下来，动作很粗暴。好像在短短的时间里，小雪豹就长进了，知道自己摔落下来不好玩，所以求助于妈妈。

拉姆到新的窝后，多次给幼崽喂奶，它总是背着地，一只腿翘向天。十几分钟后就看不见了，应该是睡觉了。

下午5点16分，拉姆好像睡醒了，把头从草丛里抬起来，打了一个哈欠，旁边没有小豹子活动。拉姆开始舔小豹子，持续约10分钟，然后又睡觉。6点拉姆彻底醒了，打了两个哈欠，舔了小豹子和自己的手脚20分钟，小豹子开始在旁边草地上活动。

傍晚7点04分，拉姆从草丛里出来，走上旁边的石头堆，四处观察，像要捕猎的样子。一大群岩羊在它左上方几百米远，旱獭在旁边报警，看来它是没有机会的。十几分钟以后拉姆回到窝里面，舔幼崽。在它离开的十几分钟，小崽们一动不动，妈妈回来以后，它们才开始出来活动。7点35分，雪豹一家又趴下睡觉了。这个时候如果有人查看这个地方，是看不到任何雪豹踪迹的，它们隐蔽得很好。

20分钟后，拉姆出来了，先观察四周。旱獭已经进洞，没有报警声了。拉姆下到流石滩中，站在一块石头上摇晃着身体，上下摇动又左右摆动。我十分奇怪，这是什么动作？要干什么？结果它呕吐了，先吐出一大口水，然后吐出一些白的东西。我以为拉姆生病了，后来才意识到它是在吐毛球，它常常舔自己和小崽们，吃进去很多毛，需要吐出来。

拉姆第一胎——三幼崽与新家

拉姆援手,解救幼崽于悬崖峭壁之中

拉姆吐毛球

2023年7月18日

山坡上的岩羊都不见了，应该是被雪豹拉姆撵跑了。下午1点20分，邓珠看见小雪豹出来了，还是在昨天的地方。它们出来一会儿就回去了，再也没有出现。

下午3点半，邓珠发现拉姆在五块石顶上出现，我赶紧躲进隐蔽帐篷。它进入流石滩不见了，我们耐心等着，知道它一定会回窝。下午4点，拉姆走到窝附近，在岩石顶上观望了一小会儿，应该是在确认没有危险，然后顺着岩石中的沟槽下到了窝旁边。片刻，三小崽跟跟跄跄冲到它的身边，它花了一些时间舔舐幼崽，然后和孩子们一起走进长长的草叶背后的沟槽。

我估计小雪豹们都在吃奶，一时半会儿不会出来。拉姆下来的过程中，能看到它的肚子鼓鼓的，肯定是昨晚捕猎成功，吃到今天下午。喂奶后，通常全家都会睡一大觉。果然如我们预料，它们到天黑也没有出来。

2023年7月19日　**搬去"豪宅"**

早晨6点起床洗漱完毕，吃了东西，步行在房车附近转了一圈，什么也没有看见。7点55分，邓珠看见小雪豹和拉姆出现在窝旁。拉姆开始好像在吃面前长长的青草。8点06分，它叼住幼崽的脖子往上走，开始慢慢转移小豹子。

看来当前这个窝还是临时的。拉姆一次长距离转移3只幼崽很困难，它在17日之前已经转移了两只幼豹到这里，17日下午完成最后一只幼崽的转移。但这个窝还不够好。首先是离道路太近了，最近的地方就100米；其次是除了一些长草外，没有其他遮挡，它们一出来活动，就能被路上的人看见。

拉姆先后把小豹子都叼到右上10米处的红色岩石坑里，从地形看，那个坑比较深，至少能容纳两只成年雪豹，进去之后在道路上确实看不见。但这个地方旁边的草地很小，而且向下倾斜，除非待在坑里不出来，否则既不隐蔽也不够安全。拉姆转移其他幼崽时，特别活跃的那只幼崽摇摇晃晃走到草

雪豹一家：卓玛王朝

妈妈拉姆和三崽同框

坪上，看着我们的方向，应该就是前天爬到石头上下不来的那位，未来它将会是这三个孩子中的老大。

8点19分，拉姆又从红色岩石坑叼出一只幼崽，继续往右上，走到一个大平台的边缘，四下看了一会儿，又从左面陡峭的岩壁绕回到红色岩石坑里。估计它还没有想好要去的地方。

8点半，拉姆先后把3只幼崽都叼到大平台的边缘，这个巨大的平台有几百平方米，全是草坪，背后是60米宽、20米高的陡峭岩壁。拉姆叼着一只幼崽在前面走，另外两只在后面跟着，开始还能走一段，后来就跟不上妈妈的步伐，只好原地等妈妈回来衔它们。拉姆叼着幼崽后脖子，走上几十米就停下来，放下幼崽，舔它的后颈背，好像担心把幼崽咬疼了，要安抚一下。幼崽被叼着走时，会自动蜷起身体，不碰到地面。

拉姆先后把两只雪豹幼崽带到大平台左上角的岩壁下面，不见了。岩壁前的草坪是向内倾斜的，雪豹进去就看不见。我估计这里将是它们的新窝，可以比较长时间地待下去。新窝离道路250米远，空间很大，小雪豹只要离窝不远，人在路上是看不见的。

被留在最后的小豹子在30米外的乱石堆里嗷嗷叫，拉姆一直没有出来。过一会儿，小豹消失在附近的乱石堆里。我们等了很久也没有看见拉姆出来接它，有点担心，妈妈会不会忘了它？

2023年7月19日—7月20日　不平等的生命

7月19日的清晨，我们发现"弯弓槽"附近有3只岩羊，岩羊妈妈带着两只去年出生的亚成雌性幼崽，其中一只显然是亲女儿，因为它时刻紧跟着岩羊妈妈。岩羊妈妈临产了，卧在"弯弓槽"里不动，这只亚成岩羊就对卧在边上，安静地望着妈妈。另一只亚成岩羊在旁边吃草，它也许是失去了自己的妈妈才加入这一对母女的。岩羊通常是每胎一个幼崽。

拉姆再次转移幼崽

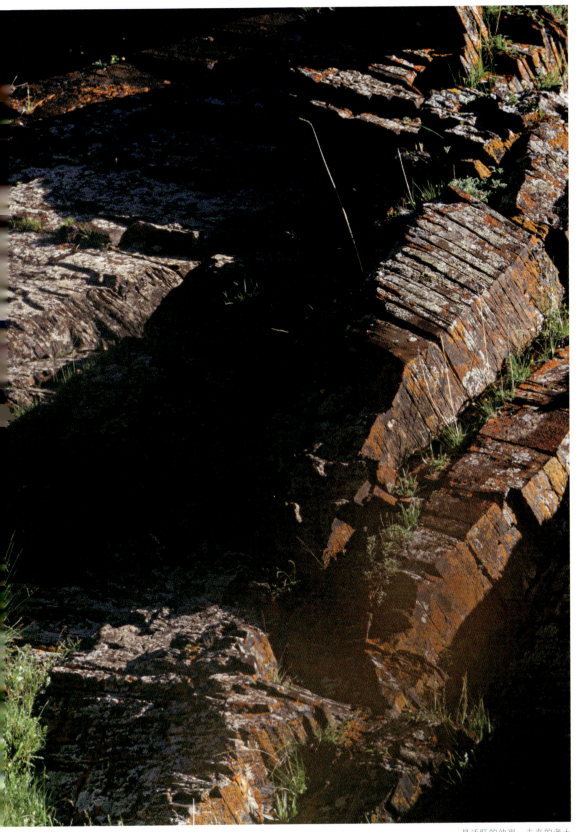

最活跃的幼崽，未来的老大

下午2点多，刚出房车，就听邓珠说雪豹妈妈出来了。下午2点22分，拉姆从早晨藏幼崽的地方出来，沿着岩壁下方起伏的地形向右方行走，速度比较快，像是有什么事情要做。它在右边开阔草坡的边缘驻足观察，然后上草坡继续向右快走几十米，又停下，低头嗅闻地上的味道，回头张望了一下，好像还不是很确定要去的方向。接着，它朝着"弯弓槽"走去，靠近我们早上看到的3只岩羊。岩羊妈妈此时已经生产，幼崽就在妈妈身旁，很可能是刚刚才出生。

　　拉姆开始跑起来，中间少许停顿，然后匍匐快速向前，离岩羊还有十几米时，又停顿了一两秒。这时它压低头部，拱起肩膀，耳朵向后拉，耳背向前，双眼注视前方，尾巴轻轻摇动。下午2点25分，它闪电一样扑向岩羊，瞬间就冲进"弯弓槽"。3只大岩羊反应很快，一下就向山坡下跑了。

　　拉姆停在"弯弓槽"里，刚刚出生的岩羊幼崽就趴在旁边2米处，像一块石头，一动不动，睁着亮亮的眼睛，希望能逃过一劫。但这无济于事，拉姆就是冲着它来的，迟疑了1—2秒，便一个箭步上去咬住它的脖子。即使被咬着脖子，小岩羊开始还是一动不动。但很快雪豹的利齿让它无法忍受，2—3秒后，它开始拼命挣扎，四肢乱舞。2点26分，岩羊幼崽不再挣扎，一个新生命刚诞生就结束了。

　　这次捕猎过程非常快，从拉姆出来到岩羊幼崽停止挣扎，不到5分钟。在今天雪豹刚刚搬去的新窝，由于地形的起伏和山岩遮挡，拉姆肯定是看不见这几只岩羊的。唯一的解释是岩羊妈妈产下幼崽后，散发出了特别强烈的味道，300米开外的雪豹妈妈在窝里就闻到了，于是循着味道而来。在2020年，我观察到岩羊妈妈生产后，立即吃掉胎衣，应该就是要尽快消除味道。这个时候，岩羊幼崽最容易被捕杀。

　　7月下旬已是岩羊产崽的最后时段，如果这只幼崽早一些出生，生存概率会高一些。雪豹每年只在春季发情，而不是像其他大型猫科动物如狮子、老虎，一年四季都可能发情交配。这大概就是为了和岩羊同时产崽，方便捕杀岩羊幼崽。大自然是奇妙和残酷的，新的生命也是不平等的。

雪豹拖着小岩羊往左边，向靠近窝的方向走，隐没在一个开满黄花的土堆后面。那里肯定有一处凹槽，它在里边进食。它不会把食物带回窝，现在小雪豹还不能吃肉。

拉姆吃了两个小时，整个过程中，岩羊妈妈和姐姐不肯离开，就在附近盯着那个土包后面，不停地跺脚，做出威胁雪豹的样子，但雪豹一起身，它们又不得不跑远一点。那情形很让人唏嘘。

一只刚出生的岩羊幼崽有多重？成都动物园育幼的师傅称过一只4天大的小岩羊，3300克，和一只成年兔狲体重相当。

拉姆进食的时候，我跑到雪豹窝对面的一个高台上等着，希望看见拉姆回去的时候，小雪豹出来迎接。

两个小时后，拉姆吃完往回走。在今天最后一只小雪豹消失的乱石堆里边，停留了许久。它是在找第3个孩子，还是在观察附近有无危险？我不能肯定。它慢慢走到岩壁底下，头朝里，屁股冲外。肯定是在舔小雪豹，这个动作持续了一分多钟，然后它也不见了。后来拉姆短暂地出来了一次，小雪豹们始终没有现身。

第二天一早，岩羊母女俩还在山坡上看着幼崽被吃掉的地方，它们没有走到那个地方，而是在20米外站立、注视，不吃草。仿佛雪豹还在那里，仿佛幼崽还有活着的希望。

后面几天都没有看见拉姆。邓珠爬到对面山坡高处，看到雪豹在岩壁下的沟槽里活动，但距离太远了，不能肯定有几只幼崽。直到7月27日，邓珠和尼马扎巴才看见拉姆带着3只幼崽在草坪上玩耍，我们悬着的心终于放下来。

从这次猎杀过程看，雪豹肯定是嗅觉很灵敏的动物，它能隔着山坡，嗅到300米开外岩羊产崽的味道。另外，它需要通过嗅觉来判断领地的状况、是否有同类发情等信息。我去闻过雪豹标记点，什么气味也没有闻出来。

7月19日这天，拉姆已经把3只小崽转移到更高一层的平台上，我们确认不会干扰到它们后，决定去取两天前拉姆呕吐出来的东西。我们先是反复观看视频，再用望远镜观察对比，确定了一块标志性岩石以及相邻石头之间的关系，然后邓珠上去取样。

如我们所料，邓珠上去后找不到雪豹站的那块石头。我用相机锁定了目标，通过对讲机不断给他指示方向，向上、向左、向右，终于找到了那块石头。我们预想那里会有一个毛球，就是雪豹妈妈自己和小雪豹的毛发。但是邓珠反复查找也没有看见白色毛团。也许两天过去，那个毛团已经散开了。邓珠又仔细寻找单根的毛发，果然如此，石头上散落着长短不一的毛发，长的几根应该是雪豹妈妈的，还有很多短的，应该是小雪豹们的，因为拉姆主要是在舔小雪豹，所以短毛发更多。毛发已经被吐出快3天了，中间下了几场雨，其中一天雨下了一整晚，有些毛发已经粘在石头上，邓珠把石头一起取了回来。

在路上，邓珠还发现一团很新鲜的粪便，比较稀，里边有毛发、有青草，他戴上橡胶手套一并取回来。我们昨天早晨看见拉姆在地上吃东西，觉得很奇怪，因为那里没有什么东西可以吃，现在看来是在吃草。也许是它吃进去的毛发太多，肠胃不舒服，需要吃些草来帮助解决肠胃的问题。粪便样本非常新鲜，应该是昨天晚上的，可以确定是拉姆的，也可以说明雪豹在夜里出去了。

我把这些样本都放在冰箱里面冻起来，它们非常有价值，有机会检测出一家4只雪豹的基因。再和其他如梅朵的粪便样本进行对比，就有可能知道梅朵、拉姆，以及拉姆的孩子们，是不是有同一个父亲。

雪豹妈妈捕杀了刚出生几小时的岩羊幼崽

- **雪豹吃素**

    毫无疑问，雪豹和其他大猫一样，是食肉动物，但它们也吃素！

    拉姆吃草。它的粪便中有很多草和毛，如果拿给一个不知道背景情况的人看，十有八九会认为这是食草动物的粪便。2018年，我在石渠县地理孔村拍到雪豹吃鲜卑花，而食草动物肠胃有问题的时候，牧民就会喂鲜卑花。

    《雪豹》一书中讲到了雪豹吃植物的情况。许多研究者对世界各地的雪豹粪便进行过分析，发现草、树叶、高原柳枝在其中占有一定的比例。乔治·夏勒也曾表示，在中国青海的4个地点收集的雪豹粪便中，植物占2.2%—11%，其中包括高原柳枝。从生理学上看，雪豹是不适合消化植物纤维的。它们吃植物的原因不清楚，可能是植物中有一些成分对雪豹具有营养价值，也许有驱虫作用，也可能有帮助排便的作用，或者是能够帮助它们的消化功能正常运转。

2023年7月22日　天人合一

早上6点起床，第一件事就是四处搜索。山坡上没有岩羊，很安静。邓珠爬到对面山坡上去观察。8点，他用对讲机告诉我，雪豹妈妈出来了，从房车的位置可以看得见。我马上架起相机，雪豹妈妈正卧在那里，只露出一个头，紧接着就开始抖动身体，然后呕吐。看来它是昨天半夜回来的，舔了小豹子，肠胃里又有了很多毛发。因为比较远，看不太清楚，感觉这次吐的东西比上次还要多，每次都是先吐水，然后吐出一些固体状的白色物质。

傍晚，雪豹妈妈缓缓走出流石滩，走向岩壁上的经幡处，在经幡下刨坑，然后沿着岩壁上的兽道往上走，在岩壁上磨蹭脸颊，最后绕了一圈，走上山坡，在高处流石滩中喝了一次水，约2分钟。它继续向上走，消失在岩石后面。短短几十米，拉姆就做了两次标记行为，说明拉姆很不希望有任何其他雪豹靠近它的窝。

拉姆的肚子瘪瘪的，应该是想捕猎。这条路也是它喜欢的出猎路线，根据尼玛扎巴的日记，雪豹妈妈过去一个月有两次通过经幡所在的岩壁出去捕猎，我看到的是第3次。好走的路，人兽都会利用。

岩壁上有先后挂上去的两组经幡。横着的白色经幡是罗门家很久以前挂的，

经幡与雪豹，似乎诠释着"天人合一"

日晒雨淋，经幡褪色了。我请邓珠买了新的彩色经幡，今年年初刚挂上去。

这是第3次拍到经幡和雪豹同框，我把这块岩壁称作"经幡岩"。

2023年7月29日

邓珠和尼马扎巴很关心拉姆一家的情况，几乎隔天就要去观察一次。这天拉姆出来捕猎，没有机会，一段时间后便回到小崽们藏身的岩壁下，这说明一家子还在老地方。

2023年8月7日 **第三次搬家**

下午4点56分，拉姆从五块石左面的流石滩出来，走向桥头方向，中间在一个土坑里消失了20分钟。下午5点24分往坡下走，来到桥头岩壁上，卧了下来，观察150多米外的邓珠和尼马扎巴等人。下午5点27分，它起身继续往下走，来到岩壁上方的一块突出的黑石头旁，黑色石头有一米高，它在上面摩擦头部，最后喷洒了一点尿液。下午5点29分，拉姆继续下坡，朝着路走来，沿途做标记、停留。下午5点43分，它来到最下层岩壁的底部，距离我架设相机的地方约8米，在那里卧下，继续观察摄影师们。

摄影师和雪豹始终保持在100米以上的距离。拉姆不时背着地，翘起腿，舔舐自己的裆部。5点55分，它起身，眼睛盯着摄影师的方向，走下山坡，来到桥头路面上，不慌不忙走过，消失在桥另一端的山坡后面。

看来拉姆已经把它的幼崽们转移到河对面的山谷里去了，那里没有路，远离人类，它的幼崽受到的干扰会更小。但那里是阴坡，岩羊很少，它必须到路的另一边来捕猎。它的肚子鼓鼓的，应该是吃饱了，现在它要回到孩子们的身边。拉姆不想和人类靠得太近，但看到摄影师一直不走，等不及了，只得在摄影师们的镜头前过了路。这是雪豹们经常走的路线，几年前，一位喇嘛就曾在桥上遇见雪豹。

桥头雪豹 泽仁邓珠摄

神秘的小家庭　　　　　　　2023年8月—11月

2023年8月27日

我于前一天到石渠，这天早上7点出发，9点到雪豹点。施工人员在修被水冲坏的桥，有便道可以过。这座桥已经损坏多年，桥面的混凝土没有了，露出钢筋。施工人员搬了大石头把钢筋间的空洞填上，又加了一些碎石，越野车通过没有问题。原本修桥的时间是6月，由于拉姆的窝就在附近，请政府领导出面沟通，时间延迟到了8月。施工队伍为缩短施工时间，昼夜不停，工人住在现场。这种情况下，我对见到雪豹不抱希望。事实如此，一周都没有看见雪豹的踪影。

2023年8月29日　兔狲重现

此行的第4天。下午4点，在沟口雪豹沟的入口处，邓珠发现一窝兔狲，是一个妈妈带两只幼崽，就在2020年我们发现的那个窝里。两只小兔狲个头和妈妈差不多大了。

我们非常高兴，自从2022年8月见到8只兔狲在一起后，这里的兔狲就越来越少，2023年根本没有见过。我们一度担心这里的兔狲被雪豹吃光了，现在看来，还有幸存者。它们比较聪明，迁居到河对岸，这里没有岩羊，冬季还有牧民住在几十米外，不是雪豹常来的地方。

2023年10月1日　幼崽出山

下午5点多，邓珠来电话说在罗门家上方高处，拍到拉姆带3只幼崽活动。我接到电话后准备第二天赶过去。后来，邓珠再次来电话，觉得情况不稳定，建议等他再观察一下。

兔狲终于在雪豹点附近再次现身

2023年10月2日

邓珠看见岩羊被撵到山坡下部,老鹰停在山顶上。邓珠估计雪豹妈妈拉姆在山顶附近捕猎成功,一家四口在山上进食,几天之内不会下来。

这是一个重要的时间点,在拉姆产崽4个月后,我们首次记录到它带幼崽们出来吃猎物。这比我们首次观察记录到卓玛带幼崽出来的时间早了一个多月。卓玛第二胎是2021年11月4日出现,第三胎是2022年11月15日出现。这是因为拉姆交配得更早,幼崽们出生得更早。

从10月1日以后,几乎每天都有人去观察雪豹,但很长一段时间没有见到拉姆全家,只是偶尔见到拉姆独自捕猎。估计是它把幼崽带到对面山谷里安置的缘故。其间还见到一次达瓦,没有人见过卓玛一家和梅朵。

2023年11月11日—11月12日 一只幼崽夭折了吗?

邓珠和尼马扎巴拍到拉姆成功捕猎了岩羊,带着幼崽在吃,就在路边100多米处,但只有两只幼崽。两只幼崽很活跃,在岩石顶上玩耍。邓珠他们以为另一只幼崽躲在什么地方睡觉,但直到天黑,拉姆带着幼崽离开,仍然只见两只。这让他们十分担心,另外一只幼崽去哪里了?出什么事情了吗?野生雪豹幼崽夭折率很高,法国摄影师弗雷迪(Freddy)曾在昂赛拍到一只夭折的雪豹幼崽,尸体被胡兀鹫叼着飞在空中,情景让人伤感。

第二天尼马扎巴再去观察,雪豹一家已经不在那里,岩羊也已被吃光。后来十几天,大家一直在寻找拉姆一家。直到11月28日,邓珠发现拉姆带着3只幼崽出现在"鸟屎岩"上方最高处,大家心中的乌云才散去。那一天究竟发生了什么事情,我们永远也无法知道。

只剩两只幼崽,我们一度忧心忡忡:第三只去了哪里? 泽仁邓珠摄

探寻幼崽诞生之地   2023年12月

2023年12月27日　**达瓦捕猎失败**

我和邓珠下午2点多到达呷侬的雪豹点。从沟口一直到桥头，漫山遍野都是牦牛。这真是没有办法，草都被牦牛啃光了，肯定会影响到岩羊。

我们开车搜寻，邓珠发现河边的雪豹观察点山顶上有老鹰在飞，还有渡鸦，基本可以判定有雪豹捕猎成功。经过从不同位置的观察，发现"弯弓槽"的顶部，几只老鹰正在吃羊的尸体，骨肉是鲜红的，可以肯定是雪豹进食之后剩下的。很可能是拉姆一家四口吃饱之后留下的残骸。

这对我们来说不是一个好消息，雪豹吃饱就会在山顶休息几天，我们很难看到。

我和邓珠继续开车往深处的垭口雪豹点，希望能发现一些雪豹的痕迹。岩羊还在那里，这几年都是维持着十几二十只、最多时三十来只的一群，规模没有明显的增减。

我在路上发现了几块还比较新鲜的粪便，里面有不少动物的毛发。粪便一大两小，除此之外还有一大堆很旧的粪便，看来有雪豹喜欢重复在一个地方排便。10米开外有块大石头，石头下方的地面有明显的刨坑痕迹。

收集了这些粪便，我们开始往回走。尼马扎巴的车在几千米外向我们闪灯，他肯定是看见雪豹了。加快速度过去，尼马扎巴说在山坡上看见一只雪豹，朝一群岩羊方向移动，然后它趴在石头堆里四处观察，距离路边有500米左右。

观察了半个小时以后，岩羊群从雪豹的下方50米处走了过去。雪豹在上方静静地看着，没有任何动作，毕竟这个距离太远了。过了一会儿，雪豹起身向右，那边还有一群岩羊，但很不幸，羊群也发现了雪豹，又从它的下方走了过去。

雪豹很快消失在中间有一条缝隙的巨石下方。我们开车跟过去，看见那里有两只母羊和一只亚成公羊在吃草，雪豹正慢慢地向它们靠近。雪豹时走时停，借助山坡起伏的地形，慢慢匍匐前进。来到岩羊左上方20米处，甚至更近一些的位置，我们都觉得它应该出击了，但它迟迟没有行动。这种紧张的状态持续了几分钟，终于，岩羊感受到雪豹的存在，身体变得紧绷，望着雪豹的方向，然后突然加速跑到100米开外。雪豹也从即将发起攻击的紧张状态，变成了放松的观望状态。这时候天已经很暗了，雪豹离岩羊有好几十米，我们相信今天是不可能拍到猎杀的场景了，于是收工。

邓珠说，这只雪豹是达瓦，我同意这个看法。它的个头挺大，脸挺黑，而且捕猎的技能好像很差，和我们以往观察到的情况一致。

2023年12月28日　达瓦夜间捕猎成功

我们往沟里稍微走了一点，就看见山坡上有不少高山兀鹫、胡兀鹫。仔细搜索，发现雪豹正躺在一只被杀死的岩羊旁边睡觉。岩羊已经被吃掉很多，露出一排排骨，很显眼。由于只有一只雪豹，应该是昨天的达瓦。它的位置离公路大约500米。我们简单地做了一点记录，收拾起相机回到河边雪豹点，观察桥头上方和五块石这一带的情况，希望能看到拉姆带幼崽，或者卓玛带着它两只快两岁的幼崽。

下午3点，达瓦还是在岩羊旁边趴着，没有什么动作。大约下午4点，达瓦起身吃羊，它大部分时间趴着啃，有时候使劲地拖拽羊的尸体。上午看见露出来的一些排骨，现在已经不见了，只剩下一根脊柱，这只羊本来不大，可能剩下的东西不多了。感觉雪豹吃肉的时候很费劲，也许是它的牙齿不是很好的原因——达瓦至少已经缺了一颗犬齿，其他牙齿怎么样也很难说，由于炎症等问题受损的可能性很大。下午6点离开时它还在吃。我们计划明天早上再来观察。

2023年12月28日　　到拉姆产崽洞穴勘查

中午饭后在河边休息，我下车散步，走向桥头方向，看到几头牦牛待在拉姆产崽洞穴的附近。有牦牛在旁边，几乎可以确定洞内没有雪豹之类的动物，我于是产生了去察看洞穴的想法。

回到停车处，我把这个想法告诉了邓珠和罗门，他们一口答应。我把强光手电和手机给了他们，方便勘察时拍照。车开到桥头边停下，他们越过结冰的河面，爬上山坡走到洞口，伸手进去，观察拍照，十多分钟以后返回，给我描述了如下情况：

洞口进去就是一个向下约30厘米的陡坡，然后是一个小平面，大约有60厘米深、1米宽，洞尽头是一个向上的斜坡，约有60厘米。再上面就是垂直向上的空间，成年雪豹可以在里面站立。这个空间，水平底部大约有1米宽、60厘米深，高可能有1.5米，旁边还有一些倾斜的空间，一只雪豹躺在里边多半要利用旁边倾斜的空间。雪豹妈妈进洞的时候一定非常小心，不然会踩到或压着底面的3只小雪豹，洞右侧有一条缝通向上边的一个小洞口，雨水会从小洞口和这个洞的入口飘进来。洞里在雨季应该是非常潮湿的，现在洞口底部是泥浆干后的状态，没有多少毛发和粪便，可能都被雪豹妈妈吃到肚子里去了。洞的入口处有一些毛发，邓珠拍照做了记录。

雪豹妈妈育幼的四十几天，正好是青藏高原的雨季，洞里一定非常潮湿，所以雪豹妈妈需要不停地舔舐幼崽，弄干它们身上的毛发。我们观察到雪豹妈妈两次呕吐、吃青草，都是因为肚子里有太多的毛发，这也许并不是普遍现象，只是因为这个洞穴太潮湿而出现的个例。

《新疆雪豹》等资料中提到的雪豹洞穴都是干燥而温暖的，下面有厚厚的一层毛发，和这里的情况完全不一样。

这个洞穴的空间之狭小，出乎我的预料。万万没想到在一个零点几平方米的空间里，雪豹妈妈带着3只幼崽生活了40多天，也难怪小雪豹们迫不及待向洞外爬。

2023年12月29日

10点多，我们来到昨天见到达瓦的地方。一条红色的脊骨孤零零落在山坡上，看不见雪豹。一只胡兀鹫落在脊骨旁边，马上又飞走了。也许雪豹在看不见的地方，令它忌惮。又过了二十几分钟，两只渡鸦落下，啄吃脊骨两端，似乎除此之外，没有剩下其他东西。十几分钟以后，两只渡鸦不知所踪。一只胡兀鹫降落，用嘴和脚拨弄了几下脊骨，一爪子抓起脊骨，腾空而起，飞了100米左右，松开爪子，丢下脊骨，自己也落了下来。脊骨掉到一群牦牛附近。胡兀鹫很快再度起飞，飞向远方。不知它为何放弃了食物，也许脊骨不是它喜欢的，它的最爱是骨髓多的大腿骨。后来有人看到高山兀鹫落到那一带，应该是它们消灭了最后的一点点残羹。

见证了这一段，石渠三天也算没有白来。第一天雪豹捕猎不成功；第二天早上发现它正在吃羊，羊的排骨还在，下午，羊排骨都没有了，仅剩脊椎骨连着皮毛和其他部分；第三天，只剩一根看起来细细的脊骨。从竖直的两个小羊角看，被雪豹猎杀的是一只母羊或一只半岁的亚成公羊，体重约25—30千克，这是成都动物园兽医给我的数据，他们按这个重量给半岁亚成岩羊喂药。除掉皮和内脏，达瓦在36小时内吃了约15千克肉。

邓珠判断，雪豹吃得太饱了，应该会到坡上有冰的地方舔冰解渴，这是他总结出来的规律。到下午6点，我们准备送罗门回家，离他家还有100米处，邓珠和罗门停车观察，说看见雪豹了，就在夕阳能照射到的一小块地方。它身旁分布着大小不一的残冰，看来邓珠总结的"舔冰解渴"的规律是正确的。

胡兀鹫抓走脊骨

● **餐后喝水**

雪豹吃饱了，就需要喝水。

2021年10月的一天下午，我在昂赛得到消息，一只雪豹在路边猎杀了一只岩羊。我们赶过去，很久也没有找到雪豹和岩羊尸体。到傍晚，才确定了雪豹的位置，它已经把杀死的岩羊拖到山坡上浓密的柏树林中，离路边有100多米远，我们还看到一只小雪豹在河边喝水。

晚上10点左右回到死岩羊的地方，打开手电寻找，一会儿就发现两只小雪豹在树林里蹦跳嬉戏，完全不理睬我们的手电光和车灯光。我们下车架起三脚架，蹲在地上等。一只小雪豹跑出树林，在手电光照下一会儿向右跑，一会儿向左跑，穿行在比较稀疏的树丛后面。它来到河边，伏身喝了水，河水湍急，流水声响很大，我们移动到离它十几米的河对岸，它也没有感觉到，我既拍照片又拍视频，这个过程有2分钟。它喝够后转身蹦蹦跳跳上山去了。雪豹在大量吃肉后要喝水。其他摄影师也多次拍到雪豹吃羊或吃牦牛后到河边喝水的情景。当然，更多的时候，雪豹是在山上找水源，主要到结冰的地方，喝冰融化后的水，冬天水都冻上了，雪豹就直接舔冰。

我们拍到过很多次雪豹去舔冰。所以，到有冰雪的地方找进食后的雪豹是好办法。

尾声

这份野生雪豹的观察手记，到此便要告一段落了。

从2019年8月，我们第一次到呷依乡的雪豹点进行追踪拍摄算起，到2023年底，短短5年间，在一片几百平方千米的区域内，雌性雪豹卓玛就成功繁衍出6只后代，而且全都健康存活。卓玛的家族基因又由女儿拉姆和它的3个孩子延续。它们在悬崖峭壁与雪原之间，建立起了属于自己的雪豹王朝。

这让我想起珍·古道尔（Jane Goodall）在她的新书《希望之书》（*The Book of Hope*）中说的，"我相信我们还有一个时间窗口来修复我们对这个星球造成的伤害"。她保持希望的理由，是相信大自然的韧性和人类的智慧。在我们与雪豹共处的日子里，也时常为这两者感到震撼和感动。

在这本书之外，卓玛一家的故事还在继续。我们将会持续关注，见证伟大自然的坚韧与传奇。

参考书目

中文图书

刘务林《西藏藏羚羊》，中国林业出版社，2009年。
马鸣、徐峰、程芸等《新疆雪豹》，科学出版社，2013年。
张明春、刘振生《雪山精灵：岩羊》，上海科技教育出版社，2013年。
尚玉昌《动物行为学》（第二版），北京大学出版社，2014年。
肖凌云主编《守护雪山之王：中国雪豹调查与保护现状》，北京大学出版社，2019年。
吕植《中国大猫：13种中国野生猫科动物的发现及保护故事》，中信出版集团，2022年。
斑斑、阿科《总有一天会养猫》，湖南科学技术出版社，2023年。

外文译著

达尔文《人类和动物的表情》，周邦立译，北京大学出版社，2009年。
乔治·夏勒《与兽同在：一位博物学家的野外考察手记》，焦晓菊译，湖南教育出版社，2011年。
康拉德·洛伦茨《所罗门王的指环》，刘志良译，中信出版集团，2012年。
理查德·道金斯《自私的基因》，卢允中、张岱云、陈复加等译，中信出版集团，2012年。
T.A. 沃恩、J.M. 瑞安、N.J. 恰普莱夫斯基《哺乳动物学》，刘志霄译，科学出版社，2017年。

乔治·夏勒《第三极的馈赠：一位博物学家的荒野手记》，黄悦译，生活·读书·新知三联书店，2017年。

雅尼娜·拜纽什《动物的秘密语言》，平晓鸽译，湖南科学技术出版社，2017年。

道格拉斯·埃姆伦《动物武器》，胡正飞译，浙江人民出版社，2018年。

坦普尔·葛兰汀、凯瑟琳·约翰逊《我们为什么不说话：动物的行为，情感，思维与非凡才能》，马百亮译，江西人民出版社，2018年。

德斯蒙德·莫里斯、夏洛特·斯莱、丹·怀利《动物不简单（第一辑）》之《乞力马扎罗的豹子》，杨楠等译，中信出版集团，2019年。

卢克·亨特、普瑞西拉·巴雷特《世界野生猫科动物》，猫盟译，湖南科学技术出版社，2019年。

德斯蒙德·莫里斯、苏茜·格林等《大英经典博物学（套装五册）》之《黑夜森林中的火光：老虎》，冉浩等译，中信出版集团，2020年。

菊水健史编，近藤雄生、泽井圣一编著《犬科动物图鉴：狼·犬·狐狸》，徐蓉译，华中科技大学出版社，2020年。

阿兰·特纳《大猫和它们的化石亲属》，毛里西奥·安东绘图，李雨译，熊武阳、孙博阳审校，商务印书馆，2021年。

爱德华·O. 威尔逊《社会生物学：个体、群体和社会的行为原理与联系》，毛盛贤、孙港波、刘晓君等译，北京联合出版公司，2021年。

尼可拉斯·廷伯根《动物的社会行为》，刘小涛译，华夏出版社，2021年。

珍·古道尔、道格拉斯·艾布拉姆斯《希望之书：珍·古道尔谈人类的生存、未来与行动》，邹玥屿译，中信出版集团，2022年。

彼得·马西森《雪豹：走向喜马拉雅的心灵之旅》，覃学岚译，商务印书馆，2023年。

杰姬·希金斯《感官奇迹：跨越物种的人类感知冒险之旅》，王晨译，天津科学技术出版社，2023年。

理查德·道金斯《你想飞吗，像鸟一样？》，亚娜·伦佐娃绘，高天羽译，湖南科学技术出版社，2023年。

外文原著

George B. Schaller, *The Serengeti Lion: A Study of Predator-Prey Relations*, The University of Chicago Press, 1976.

George B. Schaller, *Mountain Monarchs: Wild Sheep and Goats of the Himalaya*, University of Chicago Press, 1977.

George B. Schaller, *The Deer and the Tiger: A Study of Wildlife in India*, University of Chicago Press, 1984.

David Attenborough, *The Life of Mammals*, BBC Books, 2002.

Temple Grandin, Chatherine Johnson, *Animal in Translation: Using the Mysteries of Autism to Decode Animal Behavior*, Scribner Book Company, 2010.

Tom McCarthy, David Mallon, Karin R. Schwartz, *Snow Leopards*, Academic Press, 2016.

外文论文

Lawrence B. Slobodkin, "How to Be a Predator", *American Zoologist 8*, No. 1 (1968): 43–51.

Thierry Lengagne, Mariona Ferrandiz-Rovira, Clara Superbie, Irene Figueroa, Coraline Bichet, et al., "Geographic variation in marmots' alarm calls causes different responses", *Behavioral Ecology and Sociobiology*, Vol.74 (2020), article number 97.

雪豹大事记

相关内容由世界自然基金会（WWF）、腾讯公益慈善基金会提供

雪豹的进化与科学发现

约595万—410万年前，雪豹的祖先"布氏豹"（Panthera blytheae）栖息于青藏高原南缘的西藏阿里札达盆地，这也是迄今为止人类发现最古老的大型猫科动物。

约370万—270万年前，雪豹的祖先和虎的祖先开始分化。

约170万年前，伴随着青藏高原的隆升，现代雪豹物种逐渐演化成型，并扩展到青藏高原周边及亚洲中部山地。

公元前3世纪，中国先秦古籍《山海经》记载了一种生活于石山的神秘动物，名"孟极"，经考证可能为雪豹，这也许是全世界最早关于雪豹的文字记载。

1578年，明朝杰出医学家李时珍在著作《本草纲目》中记载"艾叶豹"，据考证可能是古人对雪豹的称呼。

1761年，法国启蒙时期著名作家、博物学家布丰对雪豹进行了第一次科学描述，使得这一物种首次出现在人们的视野。

1775年，施雷贝尔（Schreber）根据产于"伊朗和土库曼斯坦交界处的科佩特山脉"的皮张，结合布丰的描述，首次采用双名法为雪豹进行了科学命名，名为"Felis uncia"。

1830年，艾伦伯格（Ehreberg）根据阿尔泰山的标本，采用了亚洲中部各民族广泛使用的对雪豹的称呼"伊利毕斯"，将雪豹命名为"Felis irbis"，这可能是西方博物学家第一次真正认识雪豹这一物种。不过根据先后原则，该名称没有被科学界接纳。

1855年，霍斯菲尔德（Horsfield）将产自尼泊尔的雪豹标本命名为"*Felis uncioides*"。该名称同样因先后原则而未被科学界接纳。

1916年，博科克（Pocock）根据体形和舌器构造的不同，认为雪豹不同于其他大猫，将雪豹从豹属（*Panthera*）中独立出来，单独建立雪豹属（*Uncia*）。

1923年，商务印书馆出版的《动物学大辞典》收录"雪豹"，这是"雪豹"一名首次确切的中文记载。

1930年，博科克核对了雪豹标本的产地，澄清雪豹模式标本并非源于科佩特山脉，而是来自阿尔泰山。

1951年，艾勒曼（Ellerman）将雪豹、豹、狮、虎等大型猫科动物全部归入豹属（*Panthera*）。

1996年，于宁等人根据线粒体DNA研究，认为雪豹和其他大型猫科动物之间的差异并不足够大，不应单列为一属。

2006年，约翰逊（Johnson）根据最新的分子生物学研究，在《科学》杂志发表文章，指出雪豹与虎的亲缘关系最近，确应归于豹属，雪豹的科学名称最终定为 *Panthera uncia*。

2011年，魏磊等人基于线粒体基因组全序列测定，认为雪豹与狮的亲缘关系较近。但仍然支持雪豹归属于豹属，是大型猫科动物家族的成员之一。

2017年，杰尼卡（Janecka）联合各国雪豹研究学者对雪豹DNA进行了详细比对，认为全球雪豹有三个亚种，分别为主要分布于阿尔泰地区的北部亚种（*Panthera uncia irbis*），主要分布于青藏高原和喜马拉雅核心区的中部亚种（*Panthera uncia uncioides*），以及主要分布于天山山脉、帕米尔高原和跨喜马拉雅地区的西部亚种（*Panthera uncia uncia*），前两个名称分别采纳了艾伦伯格和霍斯菲尔德当初的命名。

雪豹的研究和保护

相关内容由世界自然基金会（WWF）、腾讯公益慈善基金会提供

1971年，乔治·夏勒博士在巴基斯坦拍摄到雪豹照片，这是人类首次拍摄到野生的雪豹照片。

1975年，雪豹被列入《濒危野生动植物种国际贸易公约》（CITES）附录I，严格禁止一切国际贸易。

1978年，第一届国际雪豹保护会议在芬兰赫尔辛基举行。

1981年，罗德尼·杰克逊博士（Rodney Jackson）在尼泊尔开展雪豹野外研究，首次使用无线电颈圈对雪豹进行跟踪，并使用相机陷阱拍摄到雪豹照片，这也是科学界对雪豹的第一次系统野外研究。

1984年，乔治·夏勒博士结束大熊猫研究，开始在中国西部的四川、甘肃、青海、新疆、西藏调查雪豹和其他野生动物，这是中国雪豹野外研究的开端。

1985年，基于20世纪70—80年代在青海各地的访问调查和动物园记录，中国第一篇关于雪豹分布的科学论文在《兽类学报》上发表，作者是西宁市人民公园的廖炎发。

1986年，雪豹被世界自然保护联盟（IUCN）列为濒危物种。

1987年，高耀亭等人在《中国动物志·兽纲·食肉目》中记载，四川7个县有雪豹记录。

1989年，雪豹被列入中国《国家重点保护野生动物名录》，是国家一级保护动物。

1992年，第七届国际雪豹保护会议在中国西宁召开，这是中国第一次全面参与雪豹有关的国际会议。

1998年，乔治·夏勒在四川省甘孜州林业局彭基泰的陪同下，在甘

孜州开展野生动物调查，确认甘孜州的雪豹分布。

2002年，"雪豹生存峰会"在西雅图召开，会议的成果为2003年正式发布的《雪豹生存策略》（*Snow Leopard Survival Strategy*）。

2004年，中国科学院新疆生态与地理研究所启动雪豹研究项目，这是中国科研团队针对雪豹的第一次正式野外调查和研究，由马鸣研究员带队进行。世界自然基金会（WWF）也为该项目提供了资金支持。

2005年，马鸣团队在天山西部托木尔峰采用红外相机拍摄到雪豹影像资料，这是中国境内第一张雪豹的红外相机照片。

2006年，世界自然基金会（WWF）和国际雪豹基金会首次采用GPS颈圈，在巴基斯坦开展雪豹跟踪研究。

2006年，中国科学院动物研究所蒋志刚研究员和徐爱春博士，在青海省都兰县和可可西里地区开展了小规模的红外相机调查，并在青藏高原首次拍摄到雪豹红外相机影像。

2008年，中国林业科学研究院李迪强研究员和张于光研究员等人开展基于雪豹粪便DNA的雪豹种群调查和遗传多样性研究。

2009年，国家林业局支持时坤教授开展全国雪豹快速调查，随后，时坤教授带领北京林业大学和英国牛津大学的联合团队，在甘肃、新疆等地开展雪豹生态学研究。

2008年，"国际雪豹生存策略研讨会"在北京召开。这是中国雪豹研究和保护的转折点，随后有更多团队加入雪豹研究和保护。

2009年，吕植教授带领北京大学和山水自然保护中心联合团队在青海三江源地区开展雪豹的研究和保护工作至今。这是迄今国内延续时间最长的雪豹研究和保护综合项目。

2009年，四川卧龙自然保护区首次拍摄到雪豹影像。

2009年，彭基泰撰文粗略估算甘孜地区有400—500只雪豹。

2011年，安徽师范大学的吴孝兵、魏磊团队在进化分子生物学方面取得重要进展。

2012年，四川贡嘎山自然保护区首次拍摄到雪豹影像。

2013年，全球雪豹保护论坛在吉尔吉斯斯坦首都比什凯克举办，12个雪豹分布国政府代表出席，发布《全球雪豹及生态系统保护计划》（GSLEP），目标是在2020年前，确保全球20个重要雪豹景观受到保护。
2013年，参与全球雪豹保护论坛的代表一致同意，将每年10月23日设定为"国际雪豹日"。
2013年，四川洛须自然保护区、鞍子河自然保护区、黑水河自然保护区分别首次拍摄到雪豹影像。
2013年，世界自然基金会（WWF）支持马鸣研究团队出版《新疆雪豹》一书，这是国内第一本关于雪豹的专著。
2014年，《雪豹生存策略》第二版发布，更新了对雪豹现状、威胁的评估，强调雪豹的生态价值。
2014年，荒野新疆志愿者团队在新疆乌鲁木齐南山安装红外相机，在近郊拍摄到雪豹影像。
2015年，四川蜂桶寨自然保护区首次拍摄到雪豹影像。
2015年，北京大学和山水自然保护中心在青海玉树举办国内第一届雪豹论坛，并倡议建立"中国雪豹保护网络"。
2015年，国际野生生物保护学会（WCS）西部项目开始在西藏羌塘开展雪豹保护项目。
2016年，四川新龙县拍摄到雪豹影像，这里还拍摄到金钱豹等共计7种猫科动物。
2016年，世界自然基金会（WWF）启动中国雪豹保护项目，在甘肃、新疆、青海、四川等地开展雪豹综合保护。
2016年，迄今最全面的雪豹专著《雪豹》（*Snow Leopards*）出版，书中根据截至当时的调查数据，评估了全球雪豹数量，为4678—8745只，暗示了雪豹濒危状态的好转。
2016年，北京大学李晟团队和卧龙自然保护区合作开展雪豹专项调查，在卧龙识别出雪豹个体26只。
2017年，世界自然保护联盟（IUCN）采纳了最新数据，重新评估雪豹的濒危状态，将其由濒危调整为易危。
2017年8月，全球雪豹保护论坛再次在比什凯克召开，目标是提升各分布国政府对雪豹保护的支持力度。针对雪豹濒危状态的调整，本次会议再次强调了雪豹面临的生存威胁和保护价值。

2017年，卧龙自然保护区在都江堰召开首届横断山雪豹保护行动研讨会，呼吁关注西南地区的雪豹保护。

2017年，世界自然基金会（WWF）支持新疆阿尔泰山两河源自然保护区开展雪豹调查，并利用红外相机拍摄到雪豹影像。

2019年，世界自然基金会（WWF）联合青海三江源国家公园黄河源园区管委会和青海原上草自然保护中心开展雪豹调查，并首次在三江源国家公园黄河源区内拍摄到雪豹影像。

致 谢

本书能够问世，是天时地利人和的结果。我要感谢很多人。

首先要感谢中国著名探险摄影家吕玲珑先生。2018年他带我真正走进青藏高原的荒野，在石渠第一次见到雪豹，又安排泽仁邓珠从2020年开始全力帮助我在石渠拍摄雪豹。有缘和吕玲珑先生相遇，为我开启了通向雪豹世界的大门。

在石渠观察拍摄雪豹的6年时间里，泽仁邓珠陪伴了我无数个日日夜夜。我们一起探索人迹罕至的地方，经历各种艰难险阻，共同见证了许多精彩瞬间，也建立了亲兄弟般的信任和友谊。他逐渐成长为一名出类拔萃的雪豹向导和优秀的野生动物摄影师，本书中有很多他观察到的信息和独立拍摄的作品。可以说，没有他的努力，就没有这本书。

尼马扎巴，我心中最优秀的驾驶员、最敬业的向导、一个真心喜爱野生动物的人。他为我安排了大部分在野外的驻扎和生活。在我最重要的几次雪豹观察和拍摄活动中，他起了至关重要的作用。他还是最可靠的后援，每当我在野外受困的时候，他总是以不可思议的速度赶来救助。

我还要感谢罗门一家人。他和妻子、女儿，还有三个儿子，都成了我寻找和拍摄雪豹的好帮手。他家的帐篷成为我在高原上躲避风雨、休息、吃饭的固定场所。在严酷而偏远的野外环境里，他们的帮助尤为珍贵。

我也十分感谢木玛、巴勒托、元登泽仁、昂家登、侍郎泽仁等许许多多的当地向导和牧民给我的帮助。

曾长和我同住成都，是一名专业的野外生态探险者，专注于野外观鸟、野生动物观察拍摄。他多次陪伴我在石渠寻找野生动物。他的专业能力和探索精神让我受益，也让我钦佩。我享受和他一起的每一次旅行。

　　才仁尼玛，从小生活在昂赛大猫谷，是当地公认的最优秀的雪豹向导，曾多次展现令人叹为观止的"寻豹神技"。从他那里，我学到很多寻找雪豹的知识。

　　特别感谢石渠县呷依乡原党委书记多登，是他的热情将我们引导到呷依这个独特的雪豹点，没有他，可能就没有这个雪豹家族的故事。

　　在观察和拍摄雪豹的过程中，我得到不同层级的领导的大力支持和帮助。在此特别感谢四川省甘孜藏族自治州政协副主席罗林，石渠县委副书记、县长刘泽，以及青海省玉树藏族自治州委副书记才旦周、杂多县人大常委会主任扎西东周、杂多县昂赛乡乡长才旺多吉。

　　感谢中国野生动物摄影和保护工作的先驱奚志农先生，他的作品和精神引导着我，他慷慨的肯定和赞扬让我感动。

　　还要感谢世界自然基金会（WWF）中国雪豹团队的何欣先生、杨祎女士、马晨迪先生、廖志娟女士、刘佳妮女士。他们帮助我对卓玛家族进行粪便DNA分析，并通过WWF平台向公众介绍雪豹。和这些热爱自然的专业人士合作是十分愉快且让我受益无穷的。

　　我还要感谢世界著名野生动物科学家夏勒博士。他于20世纪70年代在尼泊尔寻找雪豹的经历激励了我，他的名著《塞伦盖蒂的狮子》让我了解应该怎样观察野生动物。我还无缘见到夏勒博士，但他通过邮件发来的积极评价，让我认识到自己对雪豹的拍摄和观察是很有价值的，激励着我继续努力。

　　我还要感谢陈新宇先生、艾绍强先生，以及生活·读书·新知三联书店的工作人员对本书出版的推动。

野外探险总是一件让亲人担心的事情，因此，我也特别感谢家人的理解和支持。最后，我要感谢逝去多年的父母，他们给了我无条件的爱和自由，让我始终能够对这个世界保持好奇心和美好的向往。